蛍と月の真ん中で

河邉徹

ポプラ社

蛍と月の真ん中で

装丁　大久保伸子
装画　GEGYjiji

第一章　蛍の行方

夏の夜の途中を、何もかもを失って歩いていた。

左手に広がる田んぼから、五月蠅いほどに蛙の声がしている。両肩に食いこんだリュックには、カメラと交換レンズが数種類。あと数日分の着替え。側面のポケットには三脚が刺さっている。

暑い。でも、蒸し暑くはなかった。大学のある東京とは違う。

初めて来た長野県の辰野は、土地の名前だけは馴染みがあった。昔実家の玄関に、父が撮った大きな写真が飾られてあったからだ。草が生い茂った水辺に、信じられない数の蛍が舞っている、幻想的な写真。ここにいるのは、幼い頃からそれを見ていたという、ただそれだけの理由だった。

自暴自棄だ、と言われても否定はできない。でも今の僕には他に行く場所がなかった。

辰野駅の改札では、ＩＣカードは使えないらしかった。現金で精算してくれと言われて、三千円払った。財布の中には千円札が、あと二枚。危機感は増すばかりだ。

駅を出て、スマホのマップでほたる童謡公園までの道のりを検索する。徒歩十三分と表示された。時刻は二十一時少し前。

駅から三分も歩くと、人の気配がしなくなった。さっき駅前の道で、一人のおじさんとすれ違ったきり。

緩やかな坂を上り始めると、道は段々細くなっていく。街灯が減ってきて、足元さえも見え辛い。

曇り空だから、星は期待していなかった。でも、蛍ならきっと——。

自分で蛍を撮ったことは一度もなかったが、作例はいくつも見たことがあった。プロの写真家が撮ったものから、インスタグラムに投稿された無数の写真まで。そしてもちろん、父が撮ったあの写真も。いつかあんな写真を、自分で撮ってみたかった。

曲がりくねった道をしばらく進むと、右側に公園全体がぼんやり見えた。真っ暗でも、その輪郭《りんかく》はわかる。柵に囲まれた中心の大部分は草が茂り合っていて、人が入ることはできない。周りはぐるりと砂利道になっていて、そこを歩くことができる。

さらに進むと、木で足場が造られた高台に出た。

そこに立って、そうだよな、と思う。

ほたる童謡公園。

蛍は、一匹もいなかった。

僕は目の前の柵に手をかけて、軽く体重を預ける。

そりゃそうだ。何も調べずに来たわけだし。

でも実は、少しだけ甘えた気持ちもあった。こんな僕のことを何か一つくらい、励ましてくれる装置が、世界に働いているかもしれないと。

僕はリュックを下ろして座り込んだ。足より、重さから解放された肩がかなり楽になった。そのまま、えいと寝転んでみる。頭が擦《す》れて、ジャリっと砂の音が耳に響いた。視界に広がる夜空は、雲のせいで随分と低く感じる。蛍はもちろん、星空も撮れない。

僕はここに、何をしに来たのだろう。

背中に木のぬくもりが伝わってくる。剝き出しの草の匂いと、重なりあう虫の音《ね》。このまま寝てしまってもいいかもしれない。それで何かが解決する訳じゃなくても、今はそうしたい気分だった。

その時ふと視界の端に、一筋の光が走った。見ると、続く道の向こうで、弱い光が不規則な動きで漂っていた。

蛍……?

僕はすぐさま立ち上がって、リュックを担いだ。

光は、角を曲がって視界から消える。追いかけると、その先に下り坂が続いていた。

どこへ行った？

暗闇の中、僕は足元を確かめながら坂を下りていった。

頭上で生い茂った木々の葉が、一層深い闇を作り出している。こんなに遠くまで飛んだのだろうか。

足を早め、深い木々のトンネルを抜ける。その瞬間、突然頭上から眩い光が差し込んできて、思わず足が止まった。

満月だった。

さっきまで雲に隠れていた月が、その姿を見せていた。暗闇に慣れた目では眩しいほどに、冴え渡った丸い月。

その月が、草木の茂る水路を煌々《こうこう》と照らしていた。

「ん？」

声が、月の下から聞こえた。

視線を落とすと、水路で影が動いた。人が立っている。

こんな時間に誰かがいることに驚いた。白いTシャツを着た女性が、振り返る姿勢でこちらを見ている。肩の下まで伸びた長い髪が、シルエットで見えた。

「あの……すみません」

久しぶりに声を出したから、かすれた声が出た。

「この辺りで、蛍を見かけませんでしたか？」

僕は尋ねた。

「蛍？」

怪訝《けげん》というより、不思議そうに彼女は訊き返した。透明なガラス玉のような声だった。

「ここにはもう、蛍なんていないよ」

そう言いながら、彼女は体をこちらに向けた。月の逆光で、顔ははっきり見えない。光を浴びて、彼女の体の輪郭が、微かに光を放っているようにも見えた。

「……そうなんですね」

蛍は、環境の変化に敏感なはずだ。ここ数年で減ってきているという話も聞いたことがある。もうこの公園にはいなくなってしまったのかもしれない。

そう思っていると、なぜか彼女は笑った。

「この季節に、って意味ね。時期は過ぎたよ。ここの蛍は、夏の始まりだけ」

僕は納得と同時に、何も調べずに来た自分の愚かさが急に恥ずかしくなった。

「……ですよね。帰ります。失礼しました」

バツが悪くなって、すぐにここを離れようとリュックを担ぎ直した。

「君、カメラマン？」

彼女はすかさず言った。

「あの、趣味で」

趣味。そう言わなければいけないレベルの自分に、胸が痛む。こういうところも含め、僕はつくづく写真に向いていていない。

「車で来た？」

「いえ、電車で来ました」

「じゃあ泊まるの？　辰野に」

「わからないです」

「え、わからないって、そんなことある？」

くくく、と堪えるように彼女は笑った。

「それなら泊まっていったら？　駅前にゲストハウスあるよ」

「そんな……大丈夫です」

そんな……お金ないです、とは言わなかった。なのに彼女は、まるでそこまでわかっているかのように続けた。

「私が言ったら安くしてもらえるはず。電話してあげるよ。最悪ダメなら、誰かの家に泊めてもらったらいいんじゃないかな。金井くんとか、泊めてくれそう。きよちゃんの店も」

「はぁ」

それが誰かもわからない。こちらがあっけにとられているうちに、彼女はポケットから携帯電話を取り出して、どこかに電話をかけ始めた。スマホじゃなくて、今時珍しいガラケーだった。

「はい、今から。そうなんですよ。男一人」

「ちょっ……」

止めようとした僕に、「待て」と言わんばかりに、彼女は手のひらを突きつけた。

「はい、はい、遅くにすみません。よろしくお願いしまーす。……ってことだから、今から行って」

「はい？」

あっけにとられる早さで、物事が進んでいた。

「あの、でもさっき蛍を一匹だけ見たんです。きっとまだこの辺にいるから、探したくて」

「季節外れの蛍かな？　一匹だけだと、もう見つけられないと思うよ。ほら、佳恵《よしえ》さんが待ってるから早く行かないと」

彼女は急かすように、僕の後ろの方角を指さす。

「佳恵さん？」

「ゆいまーるの佳恵さん。駅前に看板が立ってるから、行けばわかるよ」

駅前。来た道を戻ればいいということだ。しかし。

「あなたは帰らないんですか？」

蛍もいない、こんな暗い公園に、女性が一人でいるのもおかしい。

「大丈夫……」

そう言いながら、彼女はゆっくりと月の方角を見た。月の光が当たって、ようやくその表情が見えた。

それは、なんだか寂しそうで、切なくて。そして、僕がこれまで見たことのないくらい、とても美しい横顔だった。

「私ももうすぐ、〝月〟に帰るよ」

考え事をしている時、僕はよく首を右側に傾けている、らしい。大学の友達に指摘されて知ったことだ。

駅前まで戻って来た僕は、首に微かな痛みを感じていた。それは重いリュックを背負ってきたからだけではなく、多分、ずっと首を傾げていたからだと思う。

それもそうだ。狐につままれたような感覚だった。

狐。僕は歩きながら、さっきの女性について思った。暗闇の公園に女性が一人。あの雰囲気。そして、月に帰る、と。

もしかすると人間じゃなかった可能性もある。例えば、この土地に言い伝えられている、夜に現れる女性の怪異のような。もしくは、人生に行き詰まった人にだけ見える、幽霊だったり。僕はふと、昔読んだ怪異譚《かいいたん》にあったおどろおどろしい挿画を思い出した。急に少し怖くなって、別のことを考えるようにする。

さっき通った時には気づかなかったが、駅前の道には教えられた通りにゲストハウスの看板があった。

看板の指示通りに民家の横を歩いて行くと、古い日本家屋にたどり着いた。暗闇の中、長方形の飛び石の先に、木造二階建ての家が建っている。剝き出しの木の柱と三角のトタン屋根。縁側の障子から、電球色の明かりが漏れている。玄関の扉の前には【古民家ゲストハウスゆいまーる】という文字が書かれてあった。

どうしたものか、と僕がその前で突っ立っていると、ガラガラ、と入り口の引き戸が開いた。

「ああ、来た来た。こっち、入って」

パタパタとつっかけの音を鳴らしながら出てきたのは、人の良さそうな四十代くらいの女性だった。紺色のTシャツに動きやすそうな紫の綿のパンツ。首には深緑のストールを巻いている。

少し戸惑っている僕に、こっち、と手を動かして急かす。

「失礼します、お邪魔します」

僕は手招きされるまま、敷居を跨いで家の中に入った。広い三和土《たたき》だった。

「明里《あかり》ちゃんから聞いたよ。公園にいたんだよね?」

「明里ちゃん」

「さっき会ったでしょ?」

「あの、公園にいた女性ですか?」

「そうそう。急にここを勧められたんだよね? 大丈夫だった?」

「大丈夫というか……逆にこんな時間にすみません。ご迷惑でしたよね」

「ううん。ちょうど今日、お客さんいなかったし。昼に大掃除してたから、布団も干しててちょっと散らかってるけどごめんね。ほら、あがって」

靴を脱いで、右手の居間へ案内される。

ついて行きながら、僕は何をしてるんだろうと思う。お金もないのだから、泊まれるはずがない。厚意は嬉しいが、早く断らなければ。一方で、今夜どう過ごすのかという別の案もないけれど。

居間に入ると、ほんのり木の匂いがした。その匂いで、一瞬脳裏に実家の景色が浮かんだ。幼い頃の、遠い昔の記憶。

外観の古い印象とは違い、ゆいまーるの中の様子は洗練された雰囲気があった。居間に置いてある低いウッドテーブルなどの調度品や、高さのある天井に取り付けられた大きなサーキュレーターには、今風のセンスがある。

言っていた通り、窓際には布団が干してあった。敷かれた座布団に促されて、僕はリュックを横に置いて座る。座布団に座るということが、とても久しぶりな気がした。

「外暑かった?」

「それほどじゃなかったです」

「そう。なんか飲む?」

「大丈夫です」

と言いながら、僕は他に大丈夫ではない事情を打ち明ける。

「あの」

「ん？」

「今、手持ちのお金がないんです」

言葉にしてみると、思ったよりも情けない気持ちになった。それで付け加える。

「近くにＡＴＭありますか？　もしあれば……」

下ろせばないこともない。確か今の残高は、十万円弱。バイト代が入る前とはいえ、この前桁数が一つ減って、一気に焦りが生まれた。

「ああ、大丈夫。言い値でいいよ。どうせお客さんいないから」

「普通はいくらなんですか？」

「素泊まりで三千八百円」

リュックから財布を取り出して、中を確認した。増えているはずもない。

「今二千円あります」

「じゃあその半分の千円でいいよ」

「そんなわけには」

「いや、ほんとに。もう夜遅いし、部屋も散らかってる。何より明里ちゃんの紹介だ。とりあえず、この家のこと説明するね。あ、私は佳恵。よろしく」

佳恵さんは滑舌よく、早口で言った。よろしくお願いします、とつられて僕も早口で返す。

彼女は壁に掛けられた小さなボードを外して、僕に見せるように持った。そこには家族の名前がイラスト付きで書かれてあった。

「まず私は佳恵、旦那が幸一郎《こういちろう》、中一と小五の息子が二人。みんなもう、母屋の方で寝てる」

母屋。この建物の裏に別の家屋があったが、それのことだろう。

「あと、猫のミーヤ。この子も多分母屋にいると思う。じゃあ、家の説明するね」

立ち上がって、佳恵さんは家の全体を案内してくれた。あっちが寝室で、あそこがキッチン。この冷蔵庫使っていいから。お風呂も、今お湯溜めてるところだから使ってね。二階もあるけど、今はただの物置。誰もいないから好きに探検していいよ。ただ玄関の横の部屋は、今日昼にバルサンしたから、あんまり入らない方がいいかも。

そんな説明を一通りして、元の座布団のところに戻ってきた。

「で、君は?」

佳恵さんが尋ねて、僕はまだ名前さえ言ってなかったことを思い出した。

「僕は、大野《おおの》匠海《たくみ》です」

「匠海くん。学生? どこから来たの?」

「大学生です。東京から来ました」

大学生、と言いながら、後ろめたい気持ちになる。

「へぇー、東京！　リュックはあれ、カメラ？」

「はい」

横に刺さっている三脚を見て思ったのだろう。そういう宿泊客も多いのかもしれない。

「この辺は自然が豊かだから、綺麗な景色も多いよ。色々撮れると思う」

「蛍もいるんですよね？」

「そうだね。でももう終わっちゃったかな。六月には辰野ほたる祭りってのがあって、その頃がこの辺りはピーク。蛍も、観光客も」

今は、七月末。やっぱり蛍は季節はずれらしい。

「大学生なら学校は？　あ、今は夏休みか」

「そうですね。……でも大学は、休学してしまいまして」

さっき後ろめたかったのは、これが理由だった。

「だから……」

と、続けて事情を説明しようと思ったが、どこから話せばいいのかわからなくなる。言葉を探して少し黙ると、佳恵さんが察したように話を進めた。

「ま、色々あるわよねぇ。学生なんて、迷うことばっかり。私もそうだった」

佳恵さんは大げさに、肩をすくめる。

「じゃあ、これから実家に帰ったりするの？」

佳恵さんはわずかに首を傾けて言った。

それも、説明し辛かった。帰るつもりではあった。でも、帰れない。物理的には帰れないこともないけど、帰りたくない。今の状況を、なんと言えばいいんだろう。

僕はなんとか否定のつもりで「いえ……」と言って小さく首を横に振る。続く言葉に困っていると、やはりまた佳恵さんが先に口を開いた。

「まぁ今日くらい、何も気にせず泊まっていけばいいよ。ほら、お湯溜まってるから、お風呂でさっぱりして、布団でぐっすり寝て」

鍵のかかった箱は、むりやり開かない。佳恵さんはまるでそう決めているように、優しく微笑んだ。

「もし何かあったら呼んで。電話番号あそこに書いてあるからね」

佳恵さんは、さっきの壁に掛けられたボードを指さす。

「じゃあ、また明日」

佳恵さんはそう言って、あっさりと母屋の方へと戻っていった。

僕は知らない広い家の中で一人になった。辺りに人の気配はなく、近くの草むらから虫の声だけが、まるで波の音のように寄せては返していた。

まだ心は、暗闇の公園を彷徨《さまよ》っている感覚だった。僕は自分で何をしているのかわからないまま、言われた通り風呂に浸かり、リュックに入れてきた服に着替え、寝支度をして畳に敷かれた布団に入った。

目を閉じると瞼《まぶた》の裏に浮かぶのは、暗闇の公園でも、蛍の写真の景色でもなく、騒がしい東京の街並みだった。


人がたくさんいる。

初めてそこに来た日の感想は、それに尽きた。

渋谷。

行き交う人間の群れ。大きな画面に、次々と映し出される広告。スクランブル交差点を渡ると、まるで自分がテレビの中の世界に入ったような感覚だった。

大学生になった僕は上京した。地元を出て、初めての一人暮らし。それも東京で。世界はキラキラして見えた。ここでなら、自分が学びたかったことを学べる。写真の勉強が、できる。

僕の実家は、昔写真館を営んでいた。額に入った大小様々な写真、シャッターやストロボの音、現像液の匂い。幼い頃から日常はそうしたもので溢れていた。父にとっては仕事道具かもしれないが、幼い頃の僕には全てが遊び道具だった。カメラや交換レンズ、並んだフィルムや現像された写真など、今思えば子どもに触られたくないものもあったはずだが、父は僕を邪険に扱わなかった。それどころか、進んでその機能の一つ一つを教えた。まるで自分の持っている宝物を自慢するみたいに。

そんな環境で育った僕にとって、写真の道に進むのはとても自然なことだった。

選んだ大学は、写真学科のある大学だった。場所は東京。地元には写真学科なんてなかったし、早く実家を出たかったのも理由だった。

自由になった、という感覚はあった。真新しい未来。期待に胸が膨らんだ。でも、実際の暮らしが始まれば、肉体的な自由はほとんどなかった。

年間百五十万円以上の学費と、家賃を含む生活費。わかってはいたけれど、授業とバイトで自由な時間なんてほとんどなかった。

そんな環境でも、大学生活は充実感を覚えていた。これまでの中学や高校と違って、そこにいる明確な目的があったからだと思う。

履修できる授業の種類は多岐にわたった。写真史や写真光学といった理論の学習。学校内のスタジオでの撮影の実習。現代的なデジタル写真の授業から、銀塩写真までの幅広い授業を、僕は時間の許す限り履修した。デジタル全盛の時代に、フィルムの技術から学べるのは嬉しかった。

暗室でフィルムの現像を実習する機会もあった。ほとんどの学生が初めてやる作業の中、僕だけは馴染みのある内容だった。実家で当たり前のようにやっていたことなので、周りの学生たちよりもずっと手際良くできた。プリントの上手さを先生に褒められたとき、昔父にも同じように褒められたことを思い出した。

そして現代の撮影では欠かせない、フォトショップでのレタッチを学ぶ講義もあった。大学に入る前から好きでやっていたことだけど、プロの写真家がやっている手順を間近で見られるのはとても刺激的だった。個性の大切さ。デジタルでもアナログでも、写真は撮るだけではなく、現像までを含めてその人の個性になる。

写真学科には、同学年に百人の学生がいた。同じ学科の中でも、学生のモチベーションには差があったし、モチベーションの矛先も違っていた。一言で写真と言っても、風景を撮る人、人物を撮る人、ジャーナリズムを求める人、様々いる。

自分が撮ってきた写真を見返して気がついたのは、僕は風景の写真を撮るのが好きということだった。無意識に一番多く枚数を費やしてきただけでなく、自分が撮ったものとして誰かに見せたくなるのは、いつも風景写真だった。自然の景色にレンズを向けている時は、完成を想像して心が勝手にワクワクする。そして特にその中でも、僕は星の写真が好きだった。

星景《せいけい》写真家、という言葉を大学で初めて聞いた。星とともに、夜の自然の風景を撮る写真家。これだ、と思った。昔から「将来の夢」という項目を埋められずにいた僕が、人生で初めて、なりたいと思う職業が見つかった。

ネイチャーゼミを履修すると、名の知れた星景写真家から直接授業を受けることができた。写真の構図、撮影条件、星景写真のレタッチの仕方。学びたいことが詰まった授業は心が弾んだ。

大学で楽しかったのは勉強だけではなかった。僕には友達ができた。名前は斉木《さいき》和人《かずと》という。彼も僕と同じネイチャーゼミを受けていた、風景写真が大好きな男だった。

斉木と出会った頃を思い出すと、僕はまだ胸が締め付けられたように痛くなる。悲しみとも後悔とも言えない感情に縛られ、動けなくなる。あの頃の僕らは純粋に写真が好きで、いくつもの未来の夢を語り合っていた。

だけど、もうあの頃には戻れない。そして僕には結局、何も残らなかった。居場所さえも。


柔らかい光の中で目を覚ました。閉じられた障子から、薄い光が部屋に差し込んでいる。静かな朝だった。ぼーっとした頭で、ここがどこなのか考える。昨日、僕は電車に乗って辰野駅に来た。公園に行って、蛍はいなくて。それからゲストハウスを訪ねた。一つ一つの記憶を点検するように思い出しながら、僕は体を起こして布団から出ようとする。

何かの気配を感じて、部屋の隅を見た。

すぐそこに、猫がいた。茶トラの猫。積まれた座布団の上に座って、凜々《りり》しい表情でこちらを見つめている。かと思うと顔の向きを変えて、ぴょんと座布団から飛び降りる。そしてわずかに開いた襖《ふすま》の隙間から出ていった。

柱にかけられた時計に目を移すと、ちょうど八時半だった。僕はのそのそと布団から立ちあがった。襖を開いて、居間を抜けて洗面所に行く。冷たい水で顔を洗うと、頭がスッキリしてきた。

夏なのに少し肌寒いくらいだった。冷夏。この前東京でもそんな言葉をニュースで見た。長野だとなおさらなのかもしれない。

かけられたタオルで顔を拭いていると、母屋の側にある引き戸からノックの音が聞こえた。ガラガラと開かれて、明るい日差しとともに佳恵さんが顔を覗かせる。

「起きたねー、おはよう」

「おはようございます」

佳恵さんの腕には、日焼け防止のアームカバー。そして、さっき部屋から出ていった猫が抱かれていた。

「あ、さっきの」

「うん。ミーヤはね、お客さんが起きると教えてくれるの」

返事をするように、ミャーと鳴く。賢い。

「朝ごはん食べた？」

「食べてないです」

「じゃあ、おにぎりあるから食べてってよ」

「いいんですか？」

「うん、ただの息子の弁当の余りものだから」

確か、素泊まりだったはずなんだけど。佳恵さんは腕からミーヤを下ろすと、持っていた布の手提げからプラスチック容器を取り出した。蓋を開けて、低いウッドテーブルの上に置く。中には拳くらいのおにぎりが二つ入っていた。もともと、食べさせるつもりで持ってきてくれたらしい。

「麦茶入れるね」

「ありがとうございます」

そういえば、昨日は晩ご飯を食べるのを忘れていた。ご飯を目の前にして、口の中に唾液が湧き出てくる。

座布団に座って、僕は唾を飲みこんだ。

「……いただきます」

どうぞー、とキッチンに立っている佳恵さんが返事をする。

手で摑んで、口に運ぶ。かじると、中にシャケが入っていた。

美味しい。

そう思った時にもう、景色は滲《にじ》んでいた。

「え、何。そんなにお腹空いてたの」

麦茶を二つ持ってきた佳恵さんは、涙目の僕を見て驚く。

「違うんです」

言ってから、理由を考えた。多分理由は――。

「……なんか、懐かしくて」

誰かが握ったおにぎりを食べるなんて、本当に久しぶりだった。多分、最後に食べたのは小学生の頃。僕と父のために、いつも母が握ってくれていた俵むすび。

「美味しい？」

「美味しいです。とっても」

「良かった」

テーブルを挟んで座って、佳恵さんもお茶を飲み始めた。アームカバーを外して、テーブルの上にポイと置く。中学生と小学生の息子がいる佳恵さんは、お母さん、って雰囲気がある。でもそれだけじゃない、自由でかっこいい空気がどことなく滲み出ている。

「あ、そうだ。ここに、名前と住所と電話番号だけ書いといて。一応ね」

思い出したように、佳恵さんはテーブルの上にあった紙を僕に渡した。宿泊台帳。僕は横に転がっているペンをとった。

癖で東京の住所を書きそうになって、手が止まる。そこはもう、違うのだ。少し考えてから、とりあえず実家の住所を書いた。書き終えて、ペンを元の場所に戻す。

「匠海くんさ」

顎《あご》に手をつき、人懐っこい顔をしながら佳恵さんが言った。

「休学してるって言ってたね。今何年生なんだっけ」

「三年生です」

「大学、どんな勉強してたの?」

「写真の勉強をしてました」

「おお、すごいね。それでカメラ持ってるんだ」

「そうです」

「そのために東京に行ったんだね」

「はい。でも……」

一晩寝たことや、外が明るくなっていたことが理由だと思う。自分のことを少しだけ佳恵さんに話せる気がした。

僕は大学生になって、田舎から上京したことから話し始めた。写真の勉強が楽しくて夢中になったこと。だけど、暮らしていくのが本当に大変だったこと。そして、続けられなくなって休学したこと。

佳恵さんは聞き上手だった。頷いたり、心配そうな顔をしたり。

「東京で暮らすのは簡単じゃないよね。あそこはいいことも悪いことも、たくさん散らばってる」

話を聞いて、天井を仰ぎながら佳恵さんは言う。話したら、不思議と気持ちは少し楽になった。自分が背負っていたもののうち、拳一つ分くらいを預けられた気がした。

「東京、住んだことあるんですか?」

「うん、長くはないけどね。実は私、辰野で生まれ育ったわけじゃないんだ」

「え、そうなんですか?」

「田舎の町で、しかもこんな古い家でゲストハウスしてると、ここで生まれ育った人みたいだよね。違うの。ここは夫の地元で、私は嫁いできただけ。もともとこの町には縁もゆかりもなかったんだ」

なぜか笑みを堪えたような表情をしてから、佳恵さんは続けた。

「私は匠海くんよりもう少し歳上の頃から、日本中の宿泊施設で住みこみで働いてたの。北は北海道、南は沖縄まで。今の夫と出会ったのが、沖縄の宿泊施設だったんだ。彼は私と同じ時期に、小さなペンションのスタッフをしてた。そこで仲良くなったけど、そういう仕事はシーズンが終わったらバラバラになる。大抵はもう二度と会うことはない。今みたいに携帯もスマホもなかったから」

ミーヤが佳恵さんの傍に近づいてくる。一度頭を撫でられると、満足したのかまたすぐ部屋を出ていった。

「私はそれからも、色んな町で働いた。お金が少しできたら、思いつきでバックパック一つで海外に行ったりもした。でね、信じられるかな。なんとニュージーランドの町で、今の夫と再会したんだ。彼もバックパッカーで、たまたま同じ場所に同じタイミングでいた」

「奇跡みたいですね」

「そう、簡単に言うとね。でもこれって、同じ場所に同じタイミングでそこにいたっていう、ただそれだけのことなんだよね。そんな奇跡って、本当はいつだって起きてることなんだと思うよ。それを私たちが、どうするかってだけで」

佳恵さんは優しい顔で微笑んだ。

「で、匠海くんの話を聞いて、思ったことがあるんだけど」

開けっ放しの窓の外から、甲高いセミの声が聞こえる。穏やかな風が入ってくる。

「匠海くんは、しばらく辰野でゆっくりしたらいいんじゃないかな」

「ゆっくりですか？」

「そう、ゆっくり」

ゆっくりする。ゆっくりを、する。東京で時間に追われて、必死に頑張ってきて、それでも半人前の僕が。

「匠海くんはそもそも、辰野に何か用事があったんだっけ？」

そこを尋ねられたら、ちょっと恥ずかしい。でも正直に言う。

「昔実家に、父が撮った辰野の蛍の写真がありました。それで、蛍がいるってことだけ知ってたんです。夏だから、蛍がいたらなって思ったんですけど、もう終わってたみたいで」

「そっか、少しだけ遅かったね。でも、写真撮ってるってすごいね。私はカメラとか、センスがないから全然だめ」

佳恵さんは両肩を小さく上げて、さっぱり、というような仕草を見せた。

写真をしたことのない人には、二種類の人がいる。なぜか妙に自分のセンスに自信がある人と、佳恵さんのように謙遜《けんそん》する人だ。

「そんなことないですよ。シャッターを押せば、誰でも撮れます」

「でもなぜか、私が撮るとみんな目が半開きになるのよね」

頬に手のひらを当てながら、困惑したように言う。それはよほどタイミングの取り方が変わっているのかもしれない。

「ともかく、匠海くんみたいに一つのことを極めようとするのって、すごいことだと思うよ」

「いいえ、僕は本当に大したことないんです。なかなか上達もしないし、人に評価されなくて」

人の心を動かせるレベルの写真を撮るのは、本当に難しい。

僕の言葉を聞いて、佳恵さんは窓の向こうに視線を送りながら、ふと思い出したように言った。

「何かを極めようと思うなら、それ以外のことをしなさい」

「それなんですか？」

「私が沖縄のペンションにいた頃、近くに絵を教えてるおじいが住んでて。その人の教室に私も何度か行かせてもらったんだけど、繰り返しそう言ってた。表現するには、遊ぶことも、休むことも大事さって。だから匠海くんが写真を極めようと思うなら、写真以外のことをしてもいいんじゃないかな。匠海くんは今、そういう時期なんだと思うよ」

「写真以外のこと……」

そんな話をしていると、庭から車のエンジンの音が聞こえてきた。一台の白いライトバンが入ってくる。

「あ、そうそう。金井くん、さっき呼んだんだ」

「金井くん？」

どこかで聞いた名前だった。

「面白い人だよ。あと、匠海くんも歳が近い人の方が楽しいかなって」

車から出てきた男の人は、縁側の向こうから手庇《てびさし》をしながらこちらを覗いた。

「佳恵さん、おはようございます」

一言でわかる、関西訛りの穏やかな声がした。細身で背の高い、色黒の男性だった。短く切った髪と無精髭《ひげ》。足は素足にビーチサンダル。僕は何かの映画で見た、アジアの修行僧を思い出した。

「おはよー」

と、佳恵さんは部屋から手を振る。

金井さんは部屋に入ろうと、縁側に足をかけた。そして、ゴン、と派手な音を立てて鴨居に頭をぶつける。

「わ、大丈夫?」

佳恵さんが半分、というかほとんど笑いながら尋ねる。イテテ、と彼は頭を押さえている。確かに痛そうな音だった。昔の家は、所々高さが低くなっているところがある。

「大丈夫です、すみません。えっと……」

僕の方を見る。

「この子が、匠海くん」

佳恵さんが、僕に手のひらを向けて言った。

「匠海くんね。金井です、初めまして。辰野にようこそ」

「初めまして」

手を差し出されて、金井さんと握手する。ちょっと痛いくらいに、がっしり摑まれた。

金井さんは、佳恵さんの隣の座布団にドカッと腰を下ろす。佳恵さんが、金井さんの分のお茶を持ってきた。

「匠海くん若いなぁ。歳いくつ?」

「二十一です」

「そっか。俺は二十八やから、七つも下や。小学校もかぶらへんな」

「え、金井くんってそんなに若かったんだ。もっと上だと思ってた」

佳恵さんが言うと、よく言われます、と金井さんが言った。確かに、見た目はもう少し上にも見える。しっかりして見える、と言うか、老けて見える、と言うか。その両方かも。

「匠海くんは大学生なんやっけ」

「はい、休学してますが」

「休学なぁ。どのくらいの期間？」

「一年です」

「ほぉー。それなら辰野で一年、ゆっくり暮らせばいいんちゃうか」

金井さんも、佳恵さんみたいなことを言った。

「いえ、そんなつもりで辰野に来たんじゃないんです。ここで暮らしを始められるようなお金だってないですし」

暮らしを始めるには初期費用がかかる。というか、わざわざ東京に行ったのに、自ら進んで田舎の町で暮らすなんて考えたこともなかった。

「いや、家はうちに泊まったらええしなぁ。部屋余ってるから」

それがいいね、と佳恵さんも頷く。勝手に、おかしな方向に話が進んでいた。

「いやいや、そんなの悪いですよ。僕はここにたまたま寄っただけで……」

「たまたま？　この辰野にたまたま？」

関西弁のイントネーションで、ぐいぐい質問される。

「匠海くんはね、蛍の写真を撮りたくて来たんだって。もう終わっちゃったのに」

僕の代わりに、佳恵さんが答えてくれた。

「あちゃー。蛍はもう終わってしもたなぁ。俺の住んでる川島の方に来たら、まだ何匹かはおるかもしれんけど」

「川島……？」

僕が呟くと、佳恵さんは立ち上がって地図を持って来てくれた。折りたたまれた大きな紙の地図。それを指さしながら話す。

「川島は、辰野の中の一つの地区なの。辰野駅からは北西の方。日本の原風景って感じの景色が広がってて、すっごくいい場所だよ」

僕は地図を覗きこむ。辰野の北には大城山《おおじょうやま》という山があった。その山に沿うようにしばらく北西に進むと、信濃川島という駅がある。その辺りが、川島と呼ばれる地区らしい。ちなみに北東側のすぐ近くには、昨日訪れたほたる童謡公園があった。そこだけ観光客用に、黄色いマーカーで縁取られてある。

「金井くん、お祭りの時は蛍の数を数えるバイトもしてたよね」

「お祭りの前後の時期だけですけどね。僕も元々そんなに蛍に馴染みなかったんで、楽しかったです」

そう言いながら、金井さんは残りのお茶をクッと飲み干す。佳恵さんがおかわりを入れる。

「金井くんは、京都から移住してきたんだよ。いい大学出てて、実はインテリなんだから」

そんなことないですよ、と金井さんは謙遜する。

「京都から辰野に来たのは、仕事だったんですか？」

「んー、ちゃうなぁ。なんか色々あって、ここにたどり着いたって感じやな」

と言ってすぐ、金井さんは話の向きを変える。

「匠海くん、とりあえず今日は暇なん？」

「特に予定はないです」

「じゃあ、せっかくやし辰野を案内するわ。写真やってるんやったら、綺麗な景色あるとこ連れてってあげるし」

「え、ほんとですか」

それは素直に嬉しかった。

「そうだ、匠海くんは昨日、明里ちゃんに会ったんだって。無事泊まれたって、報告してきたら？」

えっ明里ちゃんに会ったんか、と金井さんは驚いたように言った。

昨日公園で会った女性。月明かりの下、他にない空気を纏《まと》っていたあの子。

「会えるなら、ここを紹介してもらったお礼を言いたいです」

彼女がいなければ、僕は公園で野宿することになっていただろう。一人途方に暮れたまま。

「そうだよね。匠海くん、まだ若いんだし、色んな人と会ってみたらいいよ」

佳恵さんはそう言って、僕を勇気づけるように微笑んだ。佳恵さんは、笑うと目尻に皺ができる。人をあたたかい気持ちにさせる皺だ。

「佳恵さんの言う通りですね。ほんならまず明里ちゃんとこ行こっか」

「あー、私も菜摘《なつみ》さんに久しぶりに会いたいな」

菜摘さん。誰だろうと思っていると、佳恵さんは説明してくれた。

「菜摘さんは明里ちゃんのお母さん。すごい人だよ。川島で二人で暮らしてる。あ、きよちゃんも歳近いよね？」

「そうですね。きよちゃんのとこも行ってみます」

きよちゃんも誰だろうと思ったが、僕はそれ以上に気になることがあった。

「えっと……明里ちゃんは辰野にいるんですか？　っていうか、地球にいるんですよね？」

尋ねてから、変な質問をしたと思った。案の定、二人は同時に「？」という顔つきをした。

「どういう意味？」

「彼女は昨日、月に帰ると言ってたので……」

二人は一瞬沈黙した。それから、同時にお腹を抱えて笑いだした。

僕は助手席で、シフトレバーを慌ただしく操作する金井さんの左手を見ていた。別に車に詳しいわけではない。だけど、この独特の乗り心地。教習所以来の感じ。

金井さんの運転するライトバンはマニュアルだった。マニュアルの車に乗るなんて久しぶりだ。

「ちょっと商店街寄るな」

ゆいまーるの前の路地を出たところで、金井さんは言った。シフトレバーがガコガコと音をたて、ギアが変わる。

商店街は昨日の夜、駅を出て歩いていった道とは反対側にあるようだった。

少し走るとすぐに着いた。いつも停めている場所なのか、金井さんは慣れた様子で駐車場に車を停める。

「ここが、辰野が誇る商店街。町の中心やな」

車から出て、金井さんは言った。片側一車線の道路沿い、青い空の下に左右にずらりと様々な店や住宅が並んでいた。どれも昭和の時代からありそうな建物ばかりだ。Y字型にのびた変わった形の街灯柱の先には、丸い電灯が車道側に三つ、歩道側に一つ。僕らは歩道を並んで歩いていく。

「……ま、見ての通り、シャッター商店街ってやつやな」

その通りだった。お店が並んではいるが、そのほとんどがシャッターを下ろしている。そして、人が誰も歩いていない。これが町の中心。大きなお世話だろうけど、ちょっと心配になる。

「こんなんやけど、先月のお祭りの時は屋台が出て、すごい人やったんやで。見せたかったわ。まぁでも、それが終わればこの通りやな」

すごい人、というのがどのくらいの人なのか気になる。そのくらい今は閑散としている。眼鏡屋、時計屋、布団屋。ところどころ開いている店を、外から覗く。客は誰もいない上に、ちらりと姿の見えた店主らしい方は、みなお年寄りだ。もはや店内の蛍光灯さえ元気がなさそうに見える。

「……金井さんは、どうしてこんな田舎の町で暮らし始めたんですか？」

彼は日差しに目を細めながら、思案に満ちた顔をした。まっすぐ伸びた商店街の先には、青々と深く茂った山が見える。

「色んなとこで暮らしてみたけど、ここが今のところ一番ええなって思って。ゆうても、まだ辰野は二年やけどな」

「ここに縁《ゆかり》があったんですか？」

「ううん、なんもない。佳恵さんみたいに、嫁いできたわけでもないし。やからどこでも良かったんや。けど結果的にここが一番良かった。そういう人はたくさんおると思うで。過疎もいくとこまでいったら、あとは上がるだけやろ？　特にここ数年で、辰野に移住する人は増えとるし」

移住。自分とは遠い世界の出来事のように感じる言葉だった。

「都会に住んでて、田舎暮らしに憧れを抱いとる人って結構おるもんやで。あと、子育てを自然の中でしたい人とか。移住にも色んな理由があるんやけどな」

「でも暮らすとなると、憧れだけでは難しいですよね」

僕はそれを、東京で痛感した。

「そうやな。この商店街だけ見たら、仕事があるんか心配になるやろ？　でも地元の人だって、仕事がないわけやない。役場とか公務員の仕事はあるし、あとこの辺は精密工場が結構あるんや。俺も聞いた話やけど、高校卒業したらそこで働く人も多いんやって。カメラしてるなら、オリンパスとかエプソンって知ってるやろ？」

「知ってます」

この辺りにあるとは知らなかったけれど。

「それにこの商店街も、今は新しい風が吹き始めてる。例えばここやな」

話しながら、金井さんは商店街の一角にある、小洒落《こじゃれ》たカフェの前に立ち止まった。ここが目的地だったらしい。昭和ながらの「アイスクリーム」と書かれたレトロな横長の看板が、道に面した地面に置かれていた。「甘酒屋ＫＩＹＯ」という張り紙があって、それが店の名前のようだった。閉じられた扉の前に、「準備中」と書かれた看板がある。

金井さんがノックすると、内側から扉が開いた。

「あら金井くん。どしたの？」

中から出てきたのは、ショートボブの女性だった。Ｔシャツにデニムのズボン、その上にオレンジのエプロンをつけている。

「休みでも、どうせおるかなと思って」

「うん。なんか色々気になって来ちゃうんだよね。何かあった？」

「東京から大学生が来てるから、甘酒飲ませてもらえへんかなって」

「え、大学生？　しかも東京から？」

「そう、写真の勉強してるって」

「すごい。なんか珍しいね。いいよ、ちょうど今新しい味を開発してたところ」

僕の方を見て目が合うと、彼女は押し付けがましくない程度の笑顔をくれた。僕も精一杯のぎこちない笑顔で返す。多分、彼女は友達の多いタイプだ。

「エアコンないから暑いけどね。どうぞー」

中に入れてもらうと、なるほど、暑かった。左手にカウンターがあって、その向こうにキッチン。右手にはソファや椅子とテーブル。十人くらいは座れそうな広さだ。古い置き時計やブラウン管のテレビが窓台に置いてある。建物自体の古さを上手に利用して、古いをレトロと呼べるように仕上げた店だった。色褪《あ》せた扇風機が奥と手前に二つあって、風に当たると暑さは随分ましになった。

「匠海。で、きよちゃん。きよちゃんはこの甘酒屋の店長で、生まれも育ちも辰野の純辰野人」

金井さんは右、左に手を振って紹介する。

「純辰野人って初めて言われた。匠海くんは大学生かぁー、若いね」

と言うきよちゃんも、あまり僕と変わらないように見える。

「きよさんも若いですよね」

「きよちゃんでいいよ。いくつに見える？」

出た、このパターン。下過ぎてはダメ。もちろん上過ぎても。本当にわからないけれど、年下ではない感じがする。

「同い年くらいに見えます。二十一歳」

「お、ありがとう。正解は二十五歳」

きよちゃんはよし、と満足そうに頷く。僕の答えで正解だったみたいだ。

「金井くん、私まだ大学生いけるかな？」

「実際まだ卒業してそんなに経ってへんやろ」

「そうかな。まぁこの店も、まだ一年と少しだしね。金井くんが来たのも、まだ二年前とかでしょ？」

「そうやな。まだそんなもん」

「私が帰ってくる前に移住してきたんだもんね」

「そうそう匠海。俺が辰野に来た時、この建物は空き家やったんや」

僕の方を見て、金井さんが説明する。

「その頃、きよちゃんは大学生だったんですか？」

きよちゃん、と無理やり言ってみた。意外としっくりきた。

「そう。私は名古屋にいたの。名古屋の大学生。姉が名古屋に住んでるから、そっちに住まわせてもらってた」

僕と同じように、大学進学で地元を離れた組だ。

「大体辰野の人はみんな都会に憧れて、一回大学のタイミングで地元を出ていくんだ。東京か名古屋に行く人が多いかな。そっちで就職する子もいるけど、私みたいにやっぱり地元がいいなって思って帰ってくる人も結構多いの」

きよちゃんは冷蔵庫から小さなピッチャーを取り出す。中身をコップに注いでから、マドラーで混ぜている。

「で、私もこっちに帰ってきたけど、選べる仕事の種類も少ないし、やりたいこと見つけられなくて。都会に比べたら刺激もないでしょ？　つまんないなって思って。それでおばあちゃんに、どうして辰野って何もないんだろうねって言ったの。そしたら、きよが自分で楽しいこと作ればって言われて」

それでこうなったのです、と言うように彼女は手を広げた。

「こんな田舎で若い子がお店やってるって珍しいやろ？　やから、結構メディアで取り上げられたりしてるんやで」

金井さんが自慢気に言った。ローカル雑誌だけどね、ときよちゃんは笑って言う。

「はい、どうぞ。初めての匠海くんにはプレーン。金井くんには、新しい味のブルーベリー」

きよちゃんは、細長いコップに入った白い甘酒を差し出した。金井さんの方は、紫色だ。

「ありがとうございます」

受け取って、ストローに口をつけた。キリッと冷たい甘酒。甘さと酸っぱさ、それから米麹《こめこうじ》の豊かな香りが口に広がる。暑い季節にぴったりだ。

「美味しいです」

「でしょ？」

「めっちゃ美味い。ブルーベリーもいけるな！　夏にぴったりや」

「でしょでしょ？」

きよちゃんは満足そうに、手を腰に当てる。

「甘酒ってこんなに美味しいんですね。知らなかったです」

「あ、それ一番嬉しい感想だ」

きよちゃんは嬉しそうな表情を浮かべる。

「私が大学生の頃にね、地元の栄養士さんに、この町のものだけで作った料理を振るまってもらう機会があったんだ。そこで食べたどの料理も美味しくて、私ほんとに感動したの。辰野やるじゃんって。で、最後に出てきたのが甘酒。私、子どもの頃からずっと甘酒苦手だったんだ。だから飲まないでおこうと思ったんだけど、周りの視線もあったし、無理して飲んでみた。そしたら信じられないくらい美味しくて。そこで決意したの。私が甘酒の美味しさと、この町の魅力を自分で伝えていこうって」

きよちゃんは身振り手振りを加えながら、一息にそう言った。

「だからここの甘酒は、全部辰野で作られたものしか使ってないの。お米も、麹も、フルーツも。みんな知ってる人の手で作られたもの。これを美味しいって思うってことは、辰野が美味しいってこと」

まさに、地元の味だ。きよちゃんの地元愛が伝わってくる。

「甘酒屋って珍しいですよね」

「匠海くん東京から来たんだよね。東京でも、甘酒屋さんあんまりないでしょ」

「確かに、見たことないかもです」

と言っても、僕の情報量は限られているけれど。

「多分これから甘酒の時代がくるよ。タピオカなんかより、お洒落で体にいいんだから」

まるで何かと戦うみたいに、きよちゃんは胸の前に拳を掲げる。

「で、匠海くんは東京の大学生なのに、なんで金井くんと友達なの？」

「あ、いえ、実はさっき会ったばっかりなんです」

「あれ、そうなの？」

僕が続きを説明しようとすると、それより先に金井さんが話してくれた。

「匠海は昨日初めて辰野に来て、ゆいまーるに泊まってん。で、今朝佳恵さんから俺に連絡あって。会って話したら、仲良くなった」

「え、本当に会ったばっかりじゃん」

「せやな」

僕の方を見て、金井さんは笑う。なんでかわからないけど僕も笑った。そしたらきよちゃんも笑う。

「匠海は今人生に迷ってるんや。やから東京と違う場所で、色んな人に会ってゆっくりする必要があると思ってな。それで、きよちゃんのことも紹介しとこと思って」

「そうなんだ。私で力になれたら嬉しいけど」

「でな、昨日なんで匠海がゆいまーるに泊まったのかと言うと、なんと夜にたまたま明里ちゃんに会って、ゆいまーるを勧められたんやって」

「え、明里に？　そんなことがあるの？」

きよちゃんはすごく驚いているようだった。

「すごいやろ？　そんな経緯で、ちょっと明里ちゃんに会いに行こうと思うんやけど、それやったらきよちゃんも一緒に行かへんかなって」

「行く行く。ちょっと片づけてくるから待ってて」

きよちゃんはエプロンを外しながら、裏へ入っていった。「飲み終わったらカウンターに置いといてー」という声だけ聞こえて、僕らは「はーい」と返事した。

「……きよちゃん、いい子やろ。可愛いしなぁ」

金井さんは呟くように小さな声で言った。

多分、佳恵さんに言われなくても、金井さんはここに寄ったんだろうなと思った。

夏という季節は緑が強い。多いというよりも強い。日差しの強さが、その要因になっているのだと思う。だから写真を撮ると緑がよく映える。大学に入って、本気で写真のことを考えるようになって、季節の色彩に気づくようになった。夏には夏の色がある。

何度目の夏だろう。窓の向こうの、流れる景色を眺めながら思う。数えてみると、僕の人生では二十二回目。

それでも慣れたとか、飽きたとか、思わない。思わないように季節はできている。繰り返す季節が、あと何回続くのかなと思ったことがある。平均寿命が八十歳としたら、僕はあと五十九回夏を過ごせる。

もし飽きるとしたら、何回目だろうか。人生は、何年目で飽きるだろう。

飽きた年が来たからと言って、また新しい人生を始めようってわけにはいかない。昔、そうやって季節に飽きた時に、人は死ぬんじゃないかと思ったことがある。それがたまま七十回目から八十回目くらいってだけで。だから、もしかすると……僕の父は飽き性だったのかもしれない。

「ほんと、川島って田舎だなぁ。すぐ飽きそう」

後部座席に座っているきよちゃんが、ぼそりと言った。

「辰野の人が言うってことは、よっぽどってことやな」

「どういう意味かな」

二人のテンポいい会話を聞きながら、僕は川島の景色を眺めていた。車で十分も走ると、家の数は極端に少なくなり、代わりに畑や田んぼが増えてくる。夏らしい膨《ふく》よかに育った雲が、遠くの山の上で浮かんでいる。

「川島って、辰野の一部なんですよね？」

「うん、辰野の中の川島地区。でも辰野の中でも、特に田舎だね」

きよちゃんが答える。

「辰野の人も、あまり来ないんですか？」

「私は明里に会いに行くことがあるけど、普通の辰野の人はなかなか用事もないし行かないかもね」

「電車もあるんですよね？」

「一応あるで」

今度は金井さんが答える。

「でも本数も少ないし、駅から集落の方まではちょっと距離あるなぁ。田舎やから、結局車がないとどうにもならんかも。匠海は運転できるんやっけ？」

「できます。一応、マニュアルも」

「えー、まじ？　マニュアルって確か左足も使うんだよね？　めっちゃ器用だと思う」

運転席を覗きこみながら、きよちゃんは言った。

車は田んぼと畑の間を走っていく。小さな橋を渡って、山道に入った。

「そういえば、匠海は昨日どこで明里と出会ったの？」

「ほたる童謡公園です」

いつの間にか呼び捨てにされている、と思いながら僕は答えた。

「そんな場所で会ったんだ。明里もあそこ好きだなぁ。お祭りの時は来ないくせに」

「人がたくさんおる時に、明里ちゃんは絶対来んやろ」

金井さんは車の窓を半分開ける。生ぬるい風が車内に入ってくる。

「俺、菜摘さん苦手なんよなー」

肘《ひじ》を開けた窓の上に置いて、金井さんが言った。

「なんで？　あんなに優しいのに」

「最初の頃に説教されたんや。畑ほったらかしたから」

「そりゃそうだ。でも、あの頃の金井くんとはもう違うでしょ？」

「全然ちゃうと思う。でも最初の印象って、なかなか変わらんやろ？　今も会う度に何かと説教されるんや」

「可愛がってもらってるってことなんじゃないの。私はカッコよくて好きだけどな、明里のお母さん」

二人のそんな話を聞いて、ふと思った。

「菜摘さん、有名なんですね」

さっきゆいまーるで、佳恵さんも話していた。佳恵さんも、昔からお世話になっているらしい。

「川島の集落の総代《そうだい》やしなぁ」

「総代？」

「うーん、おさ、みたいなもんやな。みんなお世話になってるから、頭上がらん」

「それに、川島だけじゃなくて、辰野でも〝月〟は有名だしね」

「なぁきよちゃん、匠海おもろいねんで。昨日明里ちゃんが、〝月〟に帰るって言った時に……」

「ちょ、やめてください」

僕は慌てて止めた。なになに、聞かせて、ときよちゃんも続きを促す。

「匠海はな、明里ちゃんがほんまに月に帰るんかと思ったんやって。昨日ちょうど満月やったから」

「えーなにそれ、匠海ロマンチック！」

車のシートを叩いて笑いながら、きよちゃんははしゃいだ声を出す。そりゃそう思いますよ……、と僕は小さな声で言う。

「いやー、わかるけど。でもかぐや姫やないねんから」

〝月〟。それは、菜摘さんが営んでいるゲストハウスの名前だった。川島の奥にある〝月〟は、一晩で宿泊できるお客さんは一組だけ。家の前の畑で野菜を有機栽培していて、客はその新鮮で美味しい野菜を使った料理を食べることができる。ランチもしているらしい。

「確かに、ゲストハウスにしては変わった名前だよね。でも明里はかぐや姫にしては、ちょっと強いかなぁ。あ、かぐや姫も思い通りにならない女性なんだっけ」

きよちゃんがぶつぶつと、真剣にそんなことを言っている。もうやめてほしい。

「もしかして匠海、写真の勉強してるからそんなロマンチックな発想になったのかな。あ、そうだ、匠海はインスタとかしてるの？」

インスタ。それについて考えると、眺めていた辰野の景色に、急にノイズが入ったような気がした。

「してたんですけど……」

僕は歯切れ悪く言った。

「やめた？」

「そうですね」

「あ、あの正面の雲、恐竜みたいじゃない？」

きよちゃんが指をさす。どれや？　と金井さんは少し屈んで言った。それからきよちゃんと金井さんは、雲の形が恐竜かニワトリかで論争していた。僕は窓の外の景色をぼんやり眺めてから、ゆっくりと目をつぶった。

やめたわけではなかった。ただ、もう開く気はしないけれど。

それを始めたきっかけも、使い方を教えてくれたのも、斉木だった。彼はいつも、今の時代の正解を知っているみたいに、僕のことを導いてくれた。

僕が大学生になったばかりの頃。出会った時の斉木の快活な声が、今も鮮明に頭の中で再生される。

「なぁ、入学式の時、隣だったよな?」

最初の授業で、斉木は僕に話しかけてきた。もちろん、僕は彼のことを覚えていた。なぜなら彼の姿はとても印象的だったからだ。アフロ、と言ってもいいかもしれない。もじゃもじゃの髪で、背も高い。シルバーの腕輪なんかつけてて、見た目で言うと、所謂《いわゆる》パーティーピープルさんだった。見た目だけってわけでもない。東京出身の彼は、地元の友達が所属する、別の大学のダンスサークルに入っているらしい。コミュ力高め。クラブにも行く。つまり、決して僕と仲良くなるようなタイプじゃない。それなのに、僕らは仲良くなった。きっと、自分のことを自分からうまく話せない僕にとって、自分のことをたくさん話してくれる彼は、相性が良かったのだと思う。

彼も僕と同じく、風景写真家を志していた。見た目にそぐわず、と言うのも失礼かもしれないが、良い写真を撮ることへの彼の情熱は本物だった。いい構図を作るための知識。

どのカメラにどんな特性があるか。どのレンズの解像度が優れているか。授業で学ぶこと以外に得た独学の内容も、日々語り合った。カメラやレンズは値段が高い。簡単に買って試すようなことはできない。いつか写真コンテストに入賞したら、その賞金であのレンズ買おうな、なんて夢のある話もした。同じ趣味を持つ人と一緒にいることが、こんなにも心地いいのだと僕は知らなかった。

僕らは車で、秘境の絶景写真を撮りに行った。斉木の実家の車を出してもらって、交代で運転して、星の写真や大自然の中の朝焼けを撮影しに行った。東京から富士山周辺は、夜なら二時間もあれば着くことができる。他にも千葉、栃木、埼玉、長野、様々な場所に向かった。最高の景色が目の前に現れた時、僕らは夢中になってシャッターを切った。いい写真が撮れた日は、帰り道も興奮が収まらず、車の中で音楽をかけて、柄にもなく歌まで歌った。ああ、青春ってこんな感じかな、と僕は思った。

斉木は面倒見のいい男で、自分が知っている、僕の得になる情報は全部分けようとしてくれた。恥ずかしい話、僕はインスタグラムの投稿の仕方さえ知らなくて、斉木に教えてもらったのだった。写真を生業《なりわい》にしようとしているにも拘わらず、僕はあまりそうしたことに関心を持っていなかった。

「今の時代、インスタはマジで大事だって。フォロワーの数が仕事に繋がることもあるから。それなのに、写真を本気で学ぼうとしているやつが、逆に詳しくなかったりするんだよな」

そう言う彼のアカウントのフォロワーは八千人もいた。ちょっとしたプロの写真家よりも多いみたいだった。

「いや、それが意外とな、芸能人みたいだね」

「八千人って、コツをおさえて投稿してると増えるんだよ」

僕も彼に倣《なら》って、新しくアカウントを作って写真を投稿することにした。インスタグラムには、人に見られやすい最適な写真のサイズや、ハッシュタグの付け方があるらしい。そうしたことまで教えてもらった。

自分の実力か、斉木の協力のおかげかはわからないが、僕のフォロワーも少しずつ増えていった。知らない人に自分の写真を見てもらえることは、少なからず腕を磨くことのモチベーションになることがわかった。ネットでもらえる「いいね」やフォロワーの数は、写真の良し悪しを評価するための、ちょっとした指標にもなる。

写真を撮るのは楽しい。ささやかだが、そうやって気軽に発信する場所もできた。もっとこんな時間を過ごしたい。多くの時間を写真に割きたい。

しかし現実、僕には絶望的に時間とお金がなかった。学費と東京での生活費を稼ぐため、学校以外の時間はほとんど働く必要があった。

奨学金は借りたくない事情があった。意地、と言ってもいいかもしれない。奨学金はつまり、借金をするということ。家族に黙って、というわけにはいかない。そんなことを言いだせる状況じゃなかった。

だから、平日の夜は繁華街にある居酒屋、そして休日は近所の弁当屋で一日中バイトをした。居酒屋は時給が相場より高かったのと、賄《まかな》いが出るのが助かった。弁当屋も、廃棄になる弁当を持ち帰らせてもらうことができたから、食費を浮かすことができた。

月に入ってくるお金と、出ていくお金を計算する。月単位で言うと、お金はちゃんと残せる。だけど半年に一回、大きな学費が引き落とされる。それを含めて考えないと、簡単にマイナスになってしまう。節約は必須だった。

大学の先生は言った。芸術家が生きていくのに厳しい時代だから、いかに自分の時間をそこにかけられるか、それで差が出ると。

写真にかける時間が、僕には足りなかった。だから、とにかく無駄を減らそうと思った。バイトの休憩時間に、大学の提出物の写真をレタッチしたり、ご飯を食べながらテスト勉強をしたり。とにかく何もしていない時間を減らすように意識した。

意識は続くと習慣になる。必要なお金と時間に追われて過ごすのが、習慣になった。

朝起きて、自分のやるべきことをやって、クタクタになって寝る。無駄をなくしているはずなのに、逆に時間の経過は早く感じた。それが東京という場所のせいなのか、暮らしのせいなのかはわからない。気がつけば一瞬のうちに、一週間、一ヶ月と時間は経っていた。

今日を暮らすための暮らし。心をすり減らしながらも続ける。そんな日々でも、二年も過ごせばそれが体に馴染んでくる。

日々の生活費を払って、学費までちゃんと払えそうになったらホッとする。漠然と、この暮らしを乗り越えた先に、望んだ未来があると信じていた。

だけどその未来さえ、今はもう閉ざされてしまった。斉木のせいだけじゃない。もともとそんな綱渡りみたいな暮らしは、うまくいくはずもなかったのだ。

「匠海、お疲れか？　見えてきたで。あれや」

助手席に座っていた僕は、金井さんの声にハッとして目を開いた。いつの間にか少しだけ寝てしまっていたみたいだ。

坂の上、緑が生い茂った木々をバックに、高さのあるコテージが見えた。大きな三角形を転がして置いたような変わった建築デザインだった。手前にウッドデッキがあり、その奥には三メートルくらいはありそうな大きな窓。デッキの下には、たくさんの薪《まき》が積まれている。白漆喰《しっくい》の壁が、自然の中で浮き上がって見えた。あれが、ゲストハウス〝月〟らしい。

坂の手前で車を停めて、僕らは車から降りた。

「あ、あれ明里じゃない？　畑のとこ。明里ー！」

見ると、手前に広がる畑の奥の方で、麦わら帽子をかぶった女性が作業をしている。きよちゃんが手を振ると、向こうも気がついて手を振り返した。

彼女は手に持っているザルを足元に置いて、畑の中をこちらに歩いてくる。

「きよちゃん！　お店大丈夫なの？　金井くんもこんにちは」

声。昨日聞いたのと同じ、透明なガラス玉のような声。

「今日は火曜日だから、甘酒屋はお休みだよ」

「あ、そっか」

土の段を上って、畑から僕らのいる道まで上がってくる。そこで、麦わら帽子に隠れていた顔がやっと見えた。

色素の薄い肌。ピンクの唇。大きな瞳は日光を浴びて、薄い茶色の光を反射していた。黒いストレートの髪が、胸元にかかっている。

昨日暗闇の公園で話した時よりも、ずっと幼い印象だった。多分、僕より年下。

「ごめんね明里、忙しかった？」

「ううん、大丈夫。今お母さんに言われて野菜収穫してたところ。インゲンと、ちょっと早いけど人参。今日はお客さんが来るから。……あれ？」

僕と目が合う。彼女は不思議そうな顔をした。

「じゃあちょうど良かった。紹介するね、ってもう会ってるみたいなんだけど」

そう言って、きよちゃんは僕の背中をぐいと前に押し出した。とても雑な紹介だった。

「えっと……こんにちは」

「昨日、公園で会ったよね」

彼女は麦わら帽子のツバを、くいっと上にあげながら言った。多分に光を含んだ茶色の瞳は、その奥深くまで透き通って見えた。

「昨日は……ありがとう。無事ゆいまーるに泊まれたよ。えっと、大野匠海です」

「一ノ瀬《いちのせ》明里です。ちゃんと行けたみたいで良かった」

安心したように、彼女は微笑んだ。それから、後ろの金井さんときよちゃんに視線を送る。

「でもなんで三人が一緒にいるの？」

「今日の朝、佳恵さんから俺に連絡きたんや。で、喋ったら気があって。きよちゃんにも話して、今一緒に遊んでる」

遊んでる、という言い方がなんだか面白かった。

「そうなんだ。やっぱり、匠海は変わってるね」

彼女はやっぱり、と言った。僕の何を知っているのかわからないけれど、不思議と嫌な気はしなかった。

「匠海は東京から来た大学生やねんで」

「へぇ、そうなんだ。今何年生？」

「三年生だよ」

「じゃあ、歳は私の一つ上だ」

やっぱり年下。でも、もっと下かと思った。

「今日は大学休み？　あ、今夏休みなんだっけ」

「今、休学中なんだ」

「休学？」

「うん、色々あって」

「せやで。やから匠海は、あと一年なーんの予定もないんやって」

まるで、ただの暇人みたいな言い方をされる。

「え、そうなんだ」

一度僕の全身に視線を送って、明里は言う。

「じゃあ匠海は、これから辰野に住むってこと？」

「はい？」

辰野に住む方向に話が向くのは、本日三度目。明里は納得したように頷いて続ける。

「うん、それがいいか。この町に住んだらいいよ。それで私に、東京であった話聞かせて？　それがいい。一番いいと思う」

根拠もなく、なぜか「いい」と彼女は自信満々で連発する。その目はただ面白がっているような、本当に僕のことを思っているような、どちらとも取れる気色を含んでいた。

「東京の話するのはいいけど、簡単にここで暮らせないよ。家もお金もないし」

「いや、大丈夫だよ。だって、私がそう思うから」

根拠がめちゃくちゃ自分の意見じゃないか、と僕は逆に笑いそうになった。

「家なら匠海、しばらく俺の家に住んだらええで」

「そこまでお世話になれないですよ」

「でも、他に行く場所ないんやろ？」

言葉に詰まる。それは、事実だった。

「……だけど、この町に住むって、そんなにすぐ決められないです」

「そもそも、匠海はなんで辰野に来たの？　あ、蛍見に来たんだっけ？」

昨日公園で、僕が蛍を探していたことを彼女は知っている。

「……そうだけど」

「じゃあさ、秘密の場所教えてあげるよ」

「え？」

「蛍がいる、秘密の場所」

「そんなのあるの？」

「うん」

「えー、ずるい。明里、私も教えて」

きよちゃんが羨ましそうに言った。

「もちろん。きよちゃんも一緒に行こう。来週の平日、確か宿泊のお客さんがいない日があるから、その日に」

「やった。蛍ってまだいるんだね」

「うん、川島の奥に。ヒメボタルだよ」

「ヒメボタル、川島におるんやな。俺も見たことないわ」

「ほたる童謡公園にいるのは、ゲンジボタルなんだよね。よし、じゃあ四人で行こう。匠海くん、連絡先教えて」

「うん」

そう言って彼女が取り出したのは、昨日も見たパカパカできるタイプの携帯電話だった。

「メールアドレスと、電話番号」

LINE、とかじゃない。メールアドレスと電話番号。最近人にアドレスを教える機会がなかったから、どうやって表示するのか少し手間取った。

「これで匠海は、少なくとも来週までは辰野で暮らすことになったわけやな」

「いや、そうですけど……」

「しばらくうちに泊まればええよ」

「そうだよ。金井くんの家、めっちゃ広いから」

きよちゃんも、嬉しそうな調子で言った。

「迷惑じゃないですか?」

「全然。大歓迎やで」

みんな優しい。しかしその優しさのせいで、新しい暮らしがこの辰野で本当に始まりそうになっていた。なんだか急に、足元がふわふわしてるような感覚がする。こんなノリみたいな感じで、暮らしって始まっていいのだろうか。

しかしいずれにせよ、僕に行く場所はなかった。不意に母の顔が思い浮かぶ。そうだ、腹を決めなくてはいけない。……そんな表情が顔に出てたのだと思う。明里は僕の顔を覗きこんで言った。

「匠海は、大丈夫だよ」

今度は、まるで本当にそうだと知っているような優しい色の目だった。

「暮らしてみたらいいよ。この町で」

「……うん」

僕が頷くと、よし決定！　と金井くんは楽しそうに言った。

「明里ー！」

その時、〝月〟の方から声が聞こえた。ウッドデッキに、エプロンをつけた女性が立っていた。

「あ、菜摘さんだ。お邪魔してまーす」

きよちゃんが手を振る。

「きよちゃんこんにちは。お、金井くんもいるな」

「やべっ、仕事の邪魔するなって怒られてまう。明里ちゃんまた連絡するな。ほら、行くで」

金井さんは素早くライトバンに乗りこむ。僕ときよちゃんも、続いて車に乗る。

「明里、いきなり来てごめんね」

「ううん。じゃあ、また来週ねー！」

畑の横で、明里は手を振った。車の中、僕は日の光を浴びる彼女の透き通った姿から目を離せなかった。彼女だけが、ぽっかり違う空間にいるように見える。まるで別の世界にいる彼女を、フォトショップで合成したみたいだな、と思った。

第二章　暮らしの中で

全国で空き家が問題になっている。誰も住まず、取り壊されることもなく放置された古い家。その割合が年々増えている。

その原因は様々ある。例えば税制の問題。家が建っていない土地は、固定資産税が高い。だからみんな、住まなくなっても家をそのままにしておく。わざわざ取り壊すと、税金が高くなるから。そうして放っておかれた家はどんどん古くなっていくばかり。

そんな空き家を減らすために、自治体はそれぞれ空き家対策の制度を打ち出している。家の解体費用を補助する制度や、賃貸として使うためのリフォームにかかる費用を補助するなど、その内容は自治体によって様々だ。

「それで俺は、『空き家バンク』で家を探したんや」

そう金井さんは説明した。空き家の所有者と利用希望者をマッチングする「空き家バンク」というサイトがあるらしい。それを使って今住んでいる家を見つけたそうだ。登録されている空き家をネットで見て、気になった場所を実際にいくつも見にいったという。

どのくらいの数を見たんですか、と訊いたら、五十という数字が返ってきた。長野で三十、三重で二十。

そして最終的に、この川島の家に決めたらしい。決め手は下水道が整備されていたこと。これだけ古い家で、上下水道が完備されているのは珍しいそうだ。大抵のところは、トイレが汲《く》み取り式のままになっている。それを浄化槽式のものに取り換える工事をしようとすると、それだけで百万円くらいかかるらしい。

金井さんの家は、川島の中でもまだ入り口の方と言える場所だった。〝月〟との距離は、車で十分くらい。逆方向の辰野駅からも十分くらい。さっき、きよちゃんをそちらまで送って戻ってきたところだった。

「ここやで」

道を一つ曲がり、狭い坂をバックで上って車を停める。

降りた目の前に、地面から生えたような大きな木造の家があった。三角の屋根に、深緑の瓦が葺《ふ》かれている。玄関や縁側の木製の引き戸は、開けるたびにガタガタいうタイプのあれ。家の周りの伸びきった雑草も相まって、まるで百年前から時間が止まっているような家だった。

実際の築年数は不明だそうだ。何百年も前からこの場所に人は住んでいたらしい。が、家はそんなに長く持つものじゃない。何度も建て直されてきたんやろなぁ、と金井さんは言う。引っ越してきた時に、壁に昭和二年の新聞が貼ってあったらしい。横書き部分は、右から左に読む時代の新聞。少なくとも、そのくらい前からはあるとか。

入り口には「古着屋　Ｏｔｏ＆」と書かれた板が置かれていた。雨風のせいか文字は薄くなっていて、店の看板にしては見逃しそうな存在感だ。

鍵のかかっていない扉を開けて、金井さんは中に入る。

広い玄関からまっすぐ廊下が伸びていて、左側にダイニングキッチン、右に大きな和室。廊下を抜けると、天井の高い開放感のある居間に繋がっている。居間、というか、ここが古着屋のためのスペースでもあるようだった。

古着屋は左の空間が中二階のような構造になっていて、木の階段がかけられている。その中二階と真下の一階部分に、ラックにかかった服がずらりと並べられていた。古着屋らしい雰囲気。所々に設置された裸電球の暖かい光が、独特な雰囲気を演出していた。

真ん中にはソファと背の低いテーブルがあって、その前にはインテリアなのか、民族的な打楽器がいくつか置いてある。

「空き家やったから、元々は全部ボロボロやったんや。床も壁も」

「でも、綺麗ですよ」

「全部ＤＩＹしたから」

「全部？」

「そう」

「この階段もですか？」

僕は目の前の、木の階段を摑んでみる。頑丈に固定されている。

「そう。木をもらってきて、自分で釘打って。そこの中二階になってる場所は、元々は物置やったみたいや。来た時は馬具が置いてあったで。鞍《くら》とか」

「馬がいたんですか？」

「大昔はいたらしいな。そっちの台所のスペースが、農作業用の馬小屋やったとか。もちろん俺がここに来た時は、もうそんなんちゃうかったで。ちゃんとキッチンになってたし。ただ、扉の建て付けはなかなかうまくいかんくて、それが一番大変やったな」

機能的であり、工夫されお洒落に作られたこの空間からは、何もない空き家だった状態が想像し辛い。この階段や床や壁、ソファやテーブルなどの家具はもちろん、今の形になるまでに相当な労力がかかっただろう。

「どのくらい、時間かかったんですか？」

「なんやかんやで半年くらいかかな。住みながら毎日時間かけて、ちょいちょいやってこうなったんや」

愛着を孕《はら》んだ目で、金井さんは部屋全体を見渡した。

「この空間、好きにしてええんやって思ったらワクワクしてな。でも一人やなくて、周りのみんなに色々手伝ってもらったで。この辺住んでるおっちゃんとかにも。あとそれこそ、菜摘さんにはたくさん教えてもらった。移住者の大先輩や」

「みんな、移住者に対して優しいんですね」

「そうやな。土地によっては、そうじゃないところもあるけど。田舎の人がみんな優しいわけちゃうからな。人間関係に苦労する場合もある」

僕は頷いた。田舎だからこそ、排他的な雰囲気のある土地もあるのだろう。

「その違いって、先輩の移住者の印象によるところも大きいんや。過去にいい移住者がいたら、それを迎える地元の人も好意的になれるやろ？　でも常識のない移住者が過去にいたら、移住者そのものに対する印象が悪くなってまう。これまで辰野に来た人はいい人ばっかりやったから、俺は間接的にも助けられてる」

目の前に、玄関にあったのと同じ「古着屋　Ｏｔｏ＆」と書かれた板が置いてあった。端には「昼～夜」と営業時間が書かれてある。

「今って営業時間中なんですか？」

「そうやで。昼から夜」

ふむ、と思う。曖昧な営業時間。鍵が開いたままの扉や窓。

「……ここってお客さん、来るんですか？」

単純な疑問を口にした。言ってから、失礼なことを言ったかもしれないと思った。

「んー……一ヶ月に二組くらいは来るかなぁ」

金井さんは、別段気にした様子もなく答えた。

良かった、と思うが、一ヶ月に二組。一ヶ月は約三十日。二組がそれぞれ違う日に来たとしても、残りの二十八日は誰も来ないということだ。

「一応ネットで売るためにサイトは作ったんや。でもなかなか難しいなぁ」

「そうなんですね」

なんだか怖くて、成り立ってるんですか、なんて質問はしなかった。

「今、成り立ってるのか気になったんやろ」

「……ばれました?」

意外に鋭い。僕は笑って誤魔化《ごまか》す。

「実はな、古着で稼いで暮らしてるわけちゃうねん」

じゃあ、と僕は尋ねようとする。だけど金井さんが先に口を開いた。

「ま、都会とは暮らし方がちゃうんや。一緒にしたらあかん。そんなことより、匠海の部屋に案内するで」

めんどくさそうに言いながら金井さんは立ち上がった。

廊下から見えた大きな和室は、襖で区切られた奥に、もう一つ部屋があった。縁のない畳が敷き詰められた和室。僕はその部屋を自由に使っていいとのことだった。

部屋の押入れの中に布団が一式入っていて、冬用の毛布まであった。近所の人にもらったもので、来客用として置いていたらしい。役に立って良かったわ、と金井さんは言う。

開け放たれた縁側からは、気持ちいい風が通り抜ける。風通しが良く、開放感のある部屋だった。

お風呂やトイレ、ダイニングキッチンなど一通り家の中を案内してもらってから、僕は文字通りゆっくりさせてもらった。部屋の本棚には漫画が並んであったので、それを読むことにした。海賊の漫画と、忍者の漫画。普段漫画はあまり読まないけど、他にすることがないから集中できた。

キッチンの方から音が聞こえたので、行ってみると金井さんが料理をしていた。

「手伝いますよ」

「ありがと。でも野菜切って肉と炒めるだけやで。普段料理とかするん？」

「一人暮らしだったんで、簡単なものはしてました。でも、人に食べさせるような料理はしたことないです」

「それなら一緒やな。調理の腕はともかく、野菜はこの辺でいただいたもんやから、めっちゃ美味しいで」

冷蔵庫にはたくさん野菜が入っていた。ほとんどが近所からのいただきものらしい。肉はスーパーで買ってきたらしく、発泡スチロールのトレーにラップがされている。一番下には、大きな米の袋もあった。

場所を替わってもらって、僕が野菜を切る。

「結構器用に包丁使えるなぁ」

「いえ、最低限って感じですよ」

お金を節約するために、ある程度はできるようになる必要があった、というくらいだ。

金井さんの方が手際がいい。話してる間に、茄子としょうがを使って、レンジで一品作ってしまう。

作った料理をダイニングキッチンのテーブルに並べて、二人で食べた。野菜は炒めても甘みがあって美味しい。金井さんは台所の横に置いてあるテレビをつけて、なぜかリモコンを僕に渡す。テレビ信州、信越放送、長野放送。一通り回してみたが、チャンネルに馴染みがなくて戸惑う。芸能人の料理対決の番組があったので、それをぼんやりと観る。

食事が終わると、二人で食器を運んで洗いものをした。金井さんには僕がいるから何かをしている、という感じはあまりなく、いつもと同じことを二人でしている、というような自然さがあった。

「せや、ちょっと外出て、星観てみる?」

タオルで手を拭きながら、金井さんが言った。新しい場所に来てそんなことも思いつかなかったのは、僕はやっぱり緊張しているのかもしれない。

「行きたいです」

靴を履いて、二人で玄関から外に出た。金井さんが先に歩いて、家から数メートル離れた草むらに立つ。ほど良い湿気を含んだ穏やかな風が吹いて、夜の自然の匂いがした。都会にはない、不要なものがそぎ落とされた匂い。

足元が見えるのは、月が出ているおかげだった。目線を先にやると、山の稜線《りょうせん》が見え、その下に畑や田んぼ、いくつかの小さな家の明かりが見えた。

しばらくして目が慣れると、星もくっきり見えるようになってくる。

「俺も星なんてしばらく観てなかったけど、さすがに綺麗なぁ」

「綺麗ですね」

澄んだ星空、辰野の景色、立っている大地の感触までもが、不思議と僕を安心させた。初めて来た場所なのに、すっと緊張が解けていくようだった。

「写真は撮らんでええんか？」

「……なんとなく、今日はゆっくり見上げていたいです」

今までの僕なら、走ってカメラを取りにいっただろう。なぜか今は、ただ金井さんと夜空を見上げていたかった。

「まぁ、これから機会はたくさんあるやろし」

僕らはそれから、夜空を見上げながら少しだけ会話をした。時間の流れが、星の動きのようにとてもゆるやかに感じた。

「あ、やば。虫除けスプレーしてないわ。後で後悔するやつかも」

「ほんとですね」

僕らは笑いながら、走って家に戻った。僕は二箇所、金井さんは三箇所蚊に刺されていた。

次の日、閉じたガラス戸から差し込む容赦ない光で目を覚ました。手前にある障子を閉め忘れていたようだった。

体を起こして縁側に立つと、昨日の夜に見た山の稜線は、朝の陽を浴びて淡い緑に光っていた。僕はカメラを取り出し、山にレンズを向けて何枚か写真を撮った。

襖を開けると、隣の和室に敷かれていた金井さんの布団はもう片づいていた。和室を抜けて居間に行くと、金井さんはソファに座ってノートパソコンを眺めている。

「おはようございます」

「おはよう。お、早速なんか撮ってたんか？」

彼は僕が右手に持っているカメラに視線を送って言った。

「朝の景色を少しだけ撮りました」

それから僕はカメラを置いて、玄関の側の洗面所に向かった。顔を洗い、昨日もらった新しい歯ブラシで歯を磨いた。

もう一度居間に戻ってくると、金井さんは思慮深い顔で、僕が置いていったカメラを見つめていた。

「どうしたんですか？」

「匠海ってうちの商品も撮れたりするん？」

「服ですか？　撮れると思いますよ」

いわゆるブツ撮り、というやつだ。服のブツ撮りはしたことがないが、花や食品は学校のスタジオでも練習したことがある。

「じゃあ……試しにこのシャツ撮ってみてや」

金井さんが立ちあがって、ハンガーラックの手前にかかっていた派手な柄のシャツを手に取る。

「わかりました」

僕は部屋に置いていた三脚を持ってきて立てた。明るく、ボケの綺麗なレンズにしよう。50㎜の単焦点レンズ。

「ほー、本格的やな。三脚いるん？」

「暗くてもシャッタースピード下げられるかなって思って」

どういう意味？　と金井さんが言うのを無視しながら、僕はいい構図を探した。周りにあるライトの位置を確認する。写真を撮る時に、必ず意識する必要があるのがライトの位置だ。外なら太陽の位置。写真の良し悪しは、多くが光の位置に依存している。

「ちょっと場所移しますね」

「どうぞ」

ライトが作る影の濃さを調節する。ここだ、と思った場所でシャッターを切る。

「撮れた？」

「はい。もうちょっと、何パターンか撮ります」

カメラを調整しながら、別構図でも続けて数枚撮った。

「どう？」

「撮れました。パソコンで綺麗にしますね」

僕はリュックからノートパソコンを引っ張り出してきた。カメラからSDカードを取り出して、側面にさす。まだSDカードがささるノートパソコンだ。

「意外と本格的やなぁ」

フォトショップを立ち上げる。色味や明るさの加減を調節して、古着の持つ柔らかい素材感が出るようにする。ただ、商品なので元々の色味は大切にする。ずっとやってきた現像作業。やっぱり楽しい。

「はい、できました。どうですか？」

僕はパソコンの画面に映し出された、シャツの写真を見せる。

「……めちゃくちゃすごいやん」

「良かったです」

「めっちゃ雰囲気あるわ。この写真、サイトの商品説明で使ったら売れそうやなぁ。なぁ、他の服も撮ってや」

「全然いいですよ」

こんなことで喜んでもらえるなら、僕も嬉しかった。

「いや……でもこんなプロみたいな写真、タダでやってもらったらあかんわ。普通やったら何万円もかかるんやろな」

「でも、僕別にプロじゃないですし。しかも、住まわせてもらってるんですから」

「それでも、無料ってわけにはいかんなぁ。例えばそうやな……。もしネットで服が売れたら、その売り上げの十パーセント匠海に払うとか」

「そんなのいいですよ。写真がなくても売れたかもしれないですし」

「いや、この一年でネットで売れたのは二着だけや。やから、心配するな」

別の意味で心配してしまいそうなことを言う。しかしなるほど、それなら僕が悪く思う必要はないのかもしれない。

「こういうの撮るのってやっぱ難しいん？」

「これはこれでコツがいるんですけど、個人的には星空を撮るのに比べたら、楽です」

「星撮るのってやっぱ大変なん？」

「技術とか構図の問題もありますけど、単純に夜遅くの撮影になるので大変です。あと都会ではほとんど撮れないので、移動する時間とか交通費も。曇ってたらダメですし」

星空撮影の次の日のバイトは、眠さとの戦いだった。大体ミスをして怒られていた気がする。それでも、誘われたら必ず行った。星を撮ってる時は、明日のことなんて忘れるくらいに楽しい。

金井さんは「これも撮ってや」と僕にハンガーにかかった古着を渡す。僕も楽しくなってきて、古着の写真を撮り続けた。シャツやズボン、スカートやワンピースなど。同じ照明の下で撮り続けると、どうすればうまく写るのかパターンが見えてくる。

撮ってレタッチすることを繰り返して、少し時間が経った頃、玄関の扉をノックする音が聞こえた。

「お邪魔しまーす」

引き戸が開いて、声が聞こえる。廊下の向こうに、きよちゃんと明里が立っていた。

「あれ？　どしたん珍しいな」

金井さんがソファから立ち上がって、二人を迎える。

「明里が田んぼの水を見に行くのに、川島の手前の方まで来るって言うから、私も一緒に来たの。そしたらついでに、二人は何してるかなーってなって」

「おー、そうか。ちょうど今、匠海に服の写真撮ってもらっててん。めっちゃ写真うまいで」

「えー、見せて！」

二人は僕のパソコンを覗きこむ。フォトショップの画面に表示された服の写真を見て、わぁ、と声をあげる。

「すごい匠海。完全にプロじゃんね。今度はうちのお店の写真も撮ってほしい」

きよちゃんが、僕の肩をバシバシ叩きながら言う。

「いいですよ。是非」

「やったー。インスタにあげよ！」

今時やなぁ、と金井さんは呆れる。

「ねぇ、今度蛍の写真も撮れる？」

明里が、僕の目を見ながら尋ねた。

「撮れると思う。撮ってみたい」

僕が言うと、明里はパッと顔に喜色《きしょく》を浮かべて、「楽しみ」と一言言った。

「せや、この前新しい服入荷したんや。きよちゃんに似合いそうなんあるから、ちょっと見てって」

「見る見る。何割引にしてくれる？」

「せめて見てから割引交渉してや」

二人は階段で中二階に上がっていく。

一階で、僕と明里は二人になった。そう意識したら、なんだか少し緊張感が生まれた。

中二階を眺めている明里の華奢《きゃしゃ》な肩幅のラインが、白のTシャツ越しによくわかる。

「……そうだ、他の服の写真も撮ろうかな」

僕は三脚を摑んで、撮影を再開しようとした。

「撮るの、見てていい？」

「うん。もちろん」

服の前に三脚を立てて、カメラの設定を調節する。明里の視線を感じながら、僕は服の撮影を始めた。

「匠海は東京にどのくらいいたの？」

明里が尋ねる。

「んー、二年と数ヶ月かな」

「色んなところに行った？」

「観光っぽいこと、最初に少しだけした。でもそのくらいかな。あまり余裕がなかったから、行動範囲は限られてたと思う」

「渋谷とか行った？　スクランブル交差点！」

「渋谷？　用事がある時は普通に行くよ」

言いながら、あまり思い出したくない、渋谷のカフェの景色が脳裏に浮かんだ。

「へぇーすごいね。大学って、同い年くらいの人がたくさんいるんだよね？」

「そうだね、数え切れないくらいいる」

「いいなぁ。川島はおじいちゃんおばあちゃんばっかりで、歳が近い人は少ないの。限界集落なんだよね。最近は、金井くんみたいな移住者がいるけど」

「でも大学はたくさんいても、知らない人ばっかりだよ。特に僕のところは、マンモス大学だから」

「先生がマンモスなの？」

「いや、人数が多いって意味で」

「冗談だよ」

真面目に返した僕に、明里は唇を尖らせてつまらなそうな顔をする。まさか、この雰囲気でそんな冗談を言うとは思わない。僕が悪いのか。

僕は気まずさを感じながら、シャッターを切る。カシャ、と小さな音が、僕らの間《ま》を繋ぐように鳴る。

次の服に入れ替えながら、今度は僕が質問した。

「東京、行ったことないの？」

「生まれてしばらくは東京にいたみたい。でも、あんまり覚えてないんだ」

「生まれは東京なんだね。また行ってみたい？」

「うん。行きたい。きっといつか」

まるで、遠い海外の話をしているような言い方だった。

「ねぇ、東京ってどんなだったか、もっと聞かせて？」

「何だろ。とにかく人が多いよ。でも、刺激はあったかな」

言いながら、明里の様子が昨日会った時とは違うことに気がついた。あの時は、そこまで東京に興味を惹かれている感じではなかった。

喜んでもらえるならと思い、僕は東京の話をし始めた。

まずは大学で勉強した写真の話をした。それは、東京じゃないと学べないことだったから。書店に自分が撮った写真集が並んでいるような人の、講義を受けたこと。プロのモデルの撮影現場でアシスタントをしたこと。他にも東京らしいエピソードとして、バイト先に有名なお笑い芸人が来ていたことを話した。別に面白い話でもなんでもない。でもそんな話を、さすが東京だなぁ、と彼女は満足そうに聞いてくれる。

「そんなに東京に憧れがあったなら、実際に行くって選択肢はなかったの？」

「んーそうだよね」

僕の質問に、どちらともない感じで明里は答えた。辰野の人は、大抵憧れて一度都会に行くと、きよちゃんはこの前言っていた。こんなに憧れていて、行かないという選択肢を選んだ明里が不思議だった。

「僕は、結構無理して行ったんだ。どうしても実家を出たくて。結果こんなことになってるから、それが良かったとは言えないんだけど。東京でも苦労したし」

明里は三脚に固定されたカメラの方を見ながら、僅かにぼんやりした目で頷く。

「東京に行くのは、お母さんが反対したの？」

「お母さんは心配してた。でも、実際は……」

「匠海？」

きよちゃんの声がした。いつの間にか下に降りてきてたみたいで、エンジ色のシャツを手に持ってそこに立っていた。

「えっと……今度また甘酒の新しい味出すから、良かったら試しに飲んでほしいんだけど、どうかな？　今から」

なぜか焦ったように早口で、きよちゃんは言った。

「今からですか？　僕でいいならもちろんですけど……」

「そうそう、店の写真も撮ってもらいたいし。カメラ持ってきてよ。早くしないと開店時間になっちゃう。明里も、そろそろ戻らないと、菜摘さん待ってるんじゃない？」

「私はまだ大丈夫だよ。でもお店の方に行くなら、私もそろそろ戻ろうかな」

「うん、また連絡する」

きよちゃんは、急かすように明里を外まで送っていった。外から話し声がする。しばらくして戻ってくると、きよちゃんは引き戸を閉めて、わかりやすくため息をついた。

「匠海は、どうして明里が〝月〟で暮らしてるか知らないんだよね？」

きよちゃんの険しい顔つきに戸惑いながら、僕はおそるおそる頷く。

「だからか。金井くん、なんで説明してなかったのよ」

「ごめん。話すタイミングなかったし、なんか俺がわざわざ言うのもなって思ったんや」

きよちゃんは金井さんを睨んでいる。僕は何がどうなっているのかわからなかった。私が説明するから、ときよちゃんは僕の方に向く。

「明里が東京で生まれたのって知ってる？」

「さっき聞きました」

きよちゃんは、いつも金井さんが座っているソファに座った。手に持っていたシャツは背もたれにかける。

きよちゃんは話しだした。

明里がどんな理由で、川島でお母さんと暮らしているのか。

きよちゃんは明里と出会った頃の話から始めた。

「私と明里が出会ったのは、明里が中学生の頃。私は高校生だった。ちょうど、ゲストハウス〝月〟がオープンした頃だったのかな。〝月〟は宿泊以外にランチもやってて、有機野菜の美味しい料理が食べられるって雑誌に取り上げられてたんだよ。評判になってた。私は家族で食べにいったの。そこで最初に明里と話した」

高校生と中学生の二人。どんな二人だったのか、想像する。

「その時は最近移住してきた家族なのかと思ったら、ずっと前から川島に住んでたって聞いて。話してるうちに明里と仲良くなって。私、高校生の時暇だったからよく会ってたんだ。なんか、ほっとけなくさせる雰囲気あるのよ、あの子」

気づいた。きよちゃんは明里の話をする時、急にお姉さんっぽくなる。

「化学物質過敏症、って聞いたことある？」

「……ないです」

初めて聞いた言葉だった。

「名前の通り化学物質に過敏で、咳や蕁麻疹《じんましん》とかの症状が出る。農薬はもちろん、排気ガスとか、柔軟剤の香りとかも。明里が、そうだったの」

まるで自分の家族のことを話すように、きよちゃんは明里の話をする。

「明里が小さい頃の話はね、菜摘さんが教えてくれた。明里は東京で生まれてすぐ、重い喘息《ぜんそく》を患《わずら》ったの。小児喘息。菜摘さん、大変だったんだって。家をどれだけ綺麗にしても、症状は治まらなくて。空気の入れ替えのために窓を開けたら、もっと症状は酷くなる。東京は目に見えないけど、排気ガスがたくさん飛んでる。家では締めきって、空気清浄機を二台フル稼働させるようにしてたんだって。それでも呼吸が困難になることがあって、家と病院を何度も往復して」

「そんなに、ひどかったんですね」

東京の人混みや、大きな道路を思い出す。症状はなくとも、深呼吸したいとは誰も思わないだろう。

「で、明里が二歳くらいの頃、喘息だけじゃなくて、もっと大変なことになった。菜摘さんが明里の体を洗ってあげたら、明里の皮膚がずるりと剝けた。剝けたっていうか、白い液体になって溶けたって言ってた。水道水を体が受けつけなくなったんだって。浄水器をつけても、そんなんじゃ全然ダメだったみたいで」

「それも……アレルギーの症状ですか？」

「うん。辛いよね。食べ物も、スーパーで売ってるものとかは全然ダメで。無農薬で大丈夫なはずのものを食べたのに、気管支に蕁麻疹が出て呼吸ができなくなって。命さえ、何度もギリギリのところを彷徨った。でも、菜摘さんはそこで諦めずに、住める場所を探した。色んな土地を見て回って、たどり着いたのが川島だったんだって。菜摘さん、すごいよね。子どものために、これまでの暮らしも捨てて」

みんなが菜摘さんを尊敬している、その理由が少しわかった気がした。

「川島に来て、明里は良くなったんですか？」

「そうみたい。体に合ったんだろうね。私が出会った頃には、もうすでに普通の女の子だったよ。最近は改まって体の話をしてないけど、元気そうだし」

「良かった」

そう聞いて、安心した。

「あれ、でもそれなら……？」

「そう。東京に行くのも、大丈夫なはずだった。でも、明里は行かなかった。ずっと行きたいって言ってて、行くって決めた、って一度私に話してくれたこともあった。だけどやめたの。菜摘さんの反対もあったと思う。そりゃそうだよね。私も親なら反対する。生と死の間を彷徨ってきたのを、何度も見てたらね。喘息の症状とか、今は良くなったとは言え、またいつ出るかわからない。憧れより命の方が大事だよ。それに菜摘さんだって、もうあまり東京にいいイメージないと思うし」

この場所の環境がいいから、何とかなっているだけかもしれない。一人で東京に行って、子どもの頃のような症状が出ないとは限らない。

「東京、行きたかったのかな」

「だろうね」

「そんなことも知らず、僕は……」

自慢気に、東京に行った自分の話をしていたのが、本当に馬鹿みたいだと思った。

「明里は、匠海の話を聞けるのは喜んでると思うよ。今日ここに来ようって言いだしたのも明里だったし」

彼女から、僕と話そうとしてくれた。そう思うと胸に小さな喜びが灯ったが、知らなかったとは言え、僕は無神経なことを言ってしまった。

「私は匠海にも明里のこと知っててほしかっただけ。こんなこと自分から話さないだろうしね。そうだ、来週蛍見にいく時に二人でちょっと話したら？　私が、タイミング作ってあげるから」

きよちゃんはお姉さんらしく、そう言った。

ちゃんと謝りたいと思った。東京の話を聞いていた時の、明里の楽しそうな表情。その裏に、悲しい記憶を押しこんでいたことを思うと、胸が痛かった。


翌日は、屋根を叩く激しい雨の音で目が覚めた。

縁側の窓の前に立つと、水が草木に当たる音が聞こえ、薄暗い山々は霞んで見えた。雨に打たれる自然の景色を眺めながら、僕は急に、これまで生きてきた自分と切り離されたような気分になった。

外に出る気を損なうくらいの雨だったので、僕らは二人ともずっと家にいた。雨が降ると、この家は雨漏りする場所が複数あるようで、金井さんはバケツを二箇所に、雑巾を三箇所に設置した。彼はその後一日中、ソファに座ってノートパソコンを見たり、キッチンでテレビを見たりしていた。

僕は本棚の漫画を読み終えて、いよいよ暇になった。置いてある民族的な打楽器を少し叩いてみたり、ラックにかけられた商品の古着をしばらく眺めたりした後は、何もすることがなくなった。ただ畳の上に寝転んで、屋根を叩く雨の音を聞いていた。そうしているうちに、窓を流れる一滴の水滴のように、するりと時間は過ぎていった。

次の日になっても、雨は降り続いていた。昨日と変わらないくらいの強い雨を横目に、僕は糸の切れた人形のように、ずっと畳に寝転んでいた。

すでに新しい暮らしは始まっている。そう思うと、僕は一人で焦りを感じた。これから僕は何をするのだろう。もしかしたら、何をするのかと考えたまま終わってしまう可能性がある。そんな焦りを感じながらも、何もできないまま、外は暗くなり夜になった。

ダイニングキッチンで食事をとった後、金井さんは急に、音楽を聴こうと僕に言った。彼が居間にある古いCDコンポから流し始めたのは、静かなインストの音楽だった。電子的な音の旋律とピアノのバッキング、アコースティックギターのリズムが混じりあった、心地いい音楽だった。

「俺も普段飲まんけど。たまにはどうや」

そう言って、彼はキッチンから日本酒の小さな瓶を持ってきた。

「アルコール、飲めるか？」

「はい。少しなら」

プラスチックのコップに透明なお酒を注いで、僕らは音楽を聴きながら、それをちびちびと飲んだ。部屋を包みこむ音楽は、何種類もの音が美しく織り重なりあい、まるで縫い目まで丁寧に仕立てられたスーツみたいだった。

「なんやそれ、いつの？」

金井さんは僕の右足を見て言った。僕は無意識のうちに、右足の先をさすっていた。雨が続くと現れる感覚。痛いとかじゃなくて、違和感。

そこに残っている傷痕は、まだ新しいものだった。

「数ヶ月前です」

「事故か？」

「重いものを、落としてしまって」

僕が大学生を続けられなくなったことに繋がる出来事の一つだった。まだ、この春のこと。

「僕の不注意なんですけど」

風が吹くと、雨がバラバラと窓を叩く音が、音楽の間に染みこむ。すぐそこのバケツから、ポチャンと水滴が落ちる音が混じる。

僕は金井さんに、その時のことを話し始めた。

大学三年になったばかりの頃、スタジオでの撮影の実習があった。一人のモデルが立って、数人の学生がそれぞれ自分でライティングを考えて撮影していく。同じモデルで同じ衣装、背景も同じ白ホリ。白ホリは床も壁も真っ白の空間なので、ライティングや切り取り方の違いで作品の印象は大きく変わる。

学生たちは自分が撮影する番じゃない時は、互いにアシスタントの役をする。ライトの位置や明るさを、撮影する友達の指示通りに調整していく。白ホリに足跡がついてはいけないから、必ず靴を脱いで靴下か裸足で作業をしていた。

アシスタント役の時に、僕は自分の身長くらいある照明機材を動かそうとした。スタンドの上の部分と下の部分を、両手で摑んで持ち上げる。その時、その結合部分がスポッと抜けた。ネジが緩んでいたのだ。

ライトの重さが急に片腕にかかって、握力で支えきれなくなった。手から重いライトが抜けて、真下に落ちる。目で追ったその動きは、今でもスローで再生できるくらい鮮明に覚えている。

落ちた先は、自分の裸足の右足だった。

痛い、と言うより、その足の感触だけで酷いことになったとわかった。ほんの少し遅れて、気が遠くなるような鋭い痛みが広がる。声にならない声が出た。その場で倒れて、あとは痛みでよく覚えてないくらい。すぐに救急車が来て、僕は病院に運ばれた。

腫れて膨れあがった僕の右足は、甲と指が複雑骨折していたらしかった。すぐに手術が始まる。骨を整復して、ボルトを入れて固定。とりあえず一週間の入院。綺麗に治るよ、と医者に励ましてもらった。僕は痛みに耐えながらずっと寝ていた。

退院したら、ギプスと一緒の暮らしが始まった。約一ヶ月、まともに歩くことができない。それはつまり、一ヶ月バイトができないということだった。

バイト先には怒られた。特に怪我をした日は、居酒屋のバイトを無断欠勤してしまった。しかも一日連絡がつかず、ついたと思えば、しばらく働けない状態。急に一人空けられると、うちだって困る、と文句を言われた。

全部僕のせいだったから、たくさん謝った。学校にも、一緒に授業を受けていた友達にも。

思い通り動けないことは、痛み以上に辛かったかもしれない。学校に行けない、バイトもできない。ベッドに寝転びながら、東京に来て自分がどれだけ毎日焦っていたのか気がついた。

でも、焦って当然の状況だったと思う。焦らないと暮らしが成り立たなかった。その証拠に、僕はその怪我でお金がほとんどなくなった。後期の学費を払うためには、これまで以上のバイト、そして節約しなければならない。

「傷痕は残ってますけど、怪我は一ヶ月で治りました。怪我よりも、その後の生活が大変でした」

「……辛かったな。でも治って良かった。ほんまに」

そう言って、金井さんは何かに感謝するようにコップをかかげ、日本酒に口をつけた。流れているCDは曲が進んで、今は優しいピアノの音が響いていた。

「金井さん、暮らすってどういうことだと思いますか？」

「なんや急に。哲学的やな」

「哲学的じゃなくて、現実的ですよ。この二日間、雨の中考えてました。僕がここで暮らしていこうと思うと、この感じじゃいけないはずです」

ここで暮らしてみたら、とみんなに勧められて始まったものの、このままでは何もしないだけの月日を過ごすことになる。

「暮らすのには、必要なものだってあります」

「例えば？」

「お金とか」

貯金は残りわずかだ。ただ、もう少しすれば先月のバイト代が入る。それでしばらくは大丈夫かもしれない。だけど、生活していくとそれがなくなるのは時間の問題だ。

「お金っているんか？」

「何言ってるんですか。いりますよ」

「家賃払えとか言わんから大丈夫やで」

「そういう問題じゃないです。でもそれはありがとうございます」

それは助かるので、素直に受けいれることにした。

「まずバイトしようと思います。きっと何かありますよね」

「あるにはあると思うけど」

「移住者の方って、みんなどんな仕事してるんですか？」

「色々やな。地域おこし協力隊になる人もおる」

「なんですか、それ？」

「自治体が、別の地域から移り住んで地元を盛りあげてくれる人を募集してるんや。辰野町役場にも色んな部署があって、応募して採用されたらなれる。でも、毎年春に募集やから、今の季節はやってないな」

地域おこし協力隊。初めて聞いたけれど、色んな仕事があるのだなと思った。

「金井さんは社会人になって、最初から古着屋やりたくてここに来たんですか？」

「んー、古着は後から何かせなあかんと思って始めただけやな。最初は普通に京都で就職してた」

「そうだったんですか？」

そういえば、いい大学を出ていると佳恵さんが言っていた。

「普通に大学出て、就活して商社に入った。最初は営業の成績も良かったんやで。でも、働くって大変やな。人間関係とか、ノルマとか。周りと比べられるってしんどくて。結果がついてこんくなると、自分の価値がわからんようになってな」

一回区切って、金井さんはテーブルの上にある、中身の少なくなった僕のコップにお酒を注ぐ。それから続けた。

「それで二年ちょっと働いて辞めた。辞める時も、こんなにすぐ辞めたらもう次はどこも雇ってくれへんでって上司に言われた。だからみんな辞められへんねやろなぁ。仕事辞めたら、人生終わるみたいな気がするから。で、次の仕事探してる時やな、友達に誘われて季節労働やってみたんや。定職に就《つ》いてない今しかできんからって言われたら、それも経験としてええかなって」

「季節労働で辰野に来たんですか？」

僕の質問に、それもちゃう、と顔の前で手を左右に払う。

「辰野は全然関係ない。北海道行ったり、新潟行ったり、沖縄行ったりやな。二ヶ月とか三ヶ月とか、住み込みで仕事して。住み込みやから、寝る場所と食べる物は心配せんでええからな。俺もその時、こんな働き方あるんやって驚いたわ。こんな働き方してる人が、いっぱいいいるんやってことも。お金も例えば一日一万円として、三ヶ月働いたら九十万近くになるやろ？　働いてる間はお金なんて使う暇も使い道もないし。で、仕事が終わって解放されたら、自分を拘束するもんは何もない上に、手元にお金がある。やから、しばらくそのお金で海外で暮らしたり。お金無くなったら、また季節労働しての繰り返し」

「自由な暮らしですね」

自由だ。でも……。

「そう。やけど、自由を手にしてめでたしめでたし、ってわけにもいかんな。だって匠海も、自分でそういう暮らしをやろうって思わんやろ？」

金井さんは言う。僕は正直に頷く。

「自由やけど、人には勧められへん。俺も元々会社員やから、その暮らしをしながら考えとってん。この仕事は自由で、そんなに責任ないし、楽しいことばっかりや。やのに、なんか不安になる。この不安の正体ってなんやろって」

「……なんですかね？」

「考えてみれば、多かれ少なかれその不安は普通に働いてた時からもあった。やから、この働き方だけが理由ちゃうなって。じゃあ、何を取り除いたらこの生きてくことへの不安はなくなるんやろって考えてた。死ぬ不安はなくしようがないやろ？　不老不死になれんし。それはしゃーない」

「そうですね」

「色々考えていったら、結局お金なんかなって思って。お金がなくなって暮らせんくなる不安が、一番大きいんかもしれん」

お金。確かにそうだ。僕もさっき、暮らしに必要なものを考えた時に、最初に出てきたものがそれだった。

金井さんは、今度は自分のコップに手酌《てじゃく》で日本酒を注いだ。僕の倍くらいのペースで飲んでいるが、特に酔っている様子はなかった。

「じゃあ、お金をいっぱい稼ぐのが正解なんかといえば、それもちゃう気がする。普通の人が普通に稼いで得られるレベルのお金では、不安って消えへんのちゃうかな。せやから、そこで思いついてん。逆にあまりお金のいらん、稼ぐ必要のない生活してみたらええんちゃうかなって。それが、俺が辰野で暮らし始めた大きな理由の一つ。稼がんと、自分の好きにゆっくり暮らせたらそれでええ。俺一人で、資本主義への反抗や。税金なんか、多く払ったらん」

ゆったりと肩を下ろして、ソファにもたれながら言う。力の抜けたようで、決意の感じる言葉だった。

流れる音楽は三拍子の曲になっていて、英詞を歌うささやくような女性の声が入っていた。居間の暖かい電球の光と音楽が、妙に調和していた。

「ここの家賃、いくらやと思う?」

尋ねてくるくらいだから、安いのだろう。でも、かなりの広さだ。

「……三万とかですか?」

「いや、一万」

「安っ」

思わずタメロになるくらい。

「やろ? 一人が生きていくためだけなら、田舎に住めばそんなにお金なんかいらん」

「でも、それならさっき言ってた不安はまだありますよ。病気になったらとか、僕みたいに怪我した時のこともそうです」

あの怪我で僕は思い知った。なんだかんだでお金が必要になる時がある。

「せやんな。そういうことも考える。でも、なんかあったら誰か助けてくれるんちゃう。だって、人ってそういうもんやろ」

金井さんは、当たり前やろ、と言うような顔をする。

「他人が助けてくれますかね？」

「それは、コミュニティの問題。都会にはなかなかないやろし、全ての田舎にあるわけやないけど、ここにはコミュニティができてる。この集落で、お互いに知らん人はおらんから。もし誰かが困ってて、自分にできることがあったらやるやろ？　そういうもんや。そんな簡単なこと、忘れたらあかん」

「もし、誰も助けてくれなかったら？」

「それは、死ねばいいんちゃう。だって、助けてくれるような人が一人もおらんってことやろ？　そんな場所で、生きる方が辛いやん」

「……わかりますけど」

でもみんながみんな、金井さんのような考え方はできない。

「ま、死ねばいいんちゃうは言い過ぎたな。実際は生活保護で国が助けてくれたり、どうにもならなくなった時の制度は色々ある。今話してるのは、気持ちの問題。その考えに至るのには、時間がかかる。とりあえず今覚えとくことは、いっぱい稼いでいっぱい使うのが都会やとしたら、田舎では必要なだけ稼いで、使うお金も少ない、ってことやな」

金井さんは背もたれに体を預けて、一息つく。それからすぐに背筋を伸ばし、真面目な表情で続けた。

「でも、変やなって思わん？　こんなに未来に不安を抱えさせる必要あるんかなって。この社会は変やわ。その不安を当たり前にして、それに耐えられへんかったやつを根性なしみたいな扱いにして。人それぞれの暮らし方があるはずやのに、みんなが偉い人を目指さなあかんみたいや。やから、俺はそこから抜け出す生き方を、この町で試したかったんや」

金井さんは何かを射貫くようなまっすぐな目をしていた。彼はただ、田舎でのんべんだらりと暮らしているわけではなかった。彼には彼の考えぬいた哲学があって、それが、今の僕の心に優しく染みこんでくる。

「……金井さん。僕のさっきの話には、続きがあって」

まだ、つい最近のことだ。うまく整理できていない。だけど、金井さんになら話せる気がした。

「聞いてもらえますか」

「聞かせてや」

金井さんは優しい目で僕を見た。外の雨は少しだけ弱くなったようで、屋根を叩く雨のリズムは、まるで音楽に合わせるように緩やかになっていた。

六月のことだ。怪我が治って普通に歩けるようになると、東京は毎日雨が降っていた。

授業が終わった直後の昼休みは、傘をさして移動する学生たちで混雑する。食堂に続く道は特にそうで、渋谷の交差点みたいな状態になる。この大学は学科の数が多くて、とにかく学生の数が多い。同じ大学の学生でも、九十九パーセントが知らない人だ。

僕と同じ、写真学科に入学してきたのは百人。三年になったら、その人数は六十七人になった。専門的な学科は、特に中退する割合が高くなる。その専門に興味を失ったら、毎日授業を受ける意味を失うからだ。

その日僕は、食堂で斉木と会う約束をしていた。授業が同じ時は、相変わらず一緒に過ごしているが、今日みたいに改まって食堂に誘われるのは珍しかった。

食堂で、彼は僕の分まで席を取ってくれていた。手を振る斉木。一年の頃からほとんど変わらないその見た目は、やっぱり目立つ。

僕は学食で、一番コスパのいいB定食を注文した。ピラフにサラダがついて、大盛りで注文しても三百二十円。学生の味方。斉木は唐揚げ定食。定番人気メニュー。

「それうまいよな」

僕のB定食を箸でさしながら斉木は言った。

「うん。唐揚げも美味しそうだ」

「唐揚げは美味しいな。美味しくない唐揚げなんてあまりないだろうし」

二人でご飯を食べながら、何でもない話をした。本当に何でもない話。逆に、不自然なくらいの日常の会話。

案の定、彼はあと少しでごちそうさまという時に、僕の目をじっと見て言った。

「……俺さ、大学辞めようかなって思ってるんだよな」

何か話したいことがあるのかな、とは思っていた。でも言われた言葉は、そんな僕の構えを優に越えていく突飛なものだったから、思わずピラフを吹き出しそうになった。

「え、冗談だよね?」

「冗談じゃないんだよ」

「まだ前期の途中だ」

「前期はな。ただ大学はもう三年目じゃん。そろそろ思うこともあるだろ」

「思うことって?」

「なんか、未来のこととかさ」

斉木の表情は、いつになく真面目だった。いつものように「授業だるい」とか、そういう愚痴とも呼べないようなことを言っている訳じゃないことは、よくわかった。

「斉木は写真、好きじゃなくなったとか?」

「写真は好きなんだけどさ。でも、ずっと学生じゃいられないし」

彼の言葉の意図を、僕は汲みとろうと考えた。ずっと学生じゃいられない。少し黙ると、彼は続けた。

「だって匠海、大学卒業したら何になるんだよ？」

すぐには答えられなかった。だから僕は「まだわからない」と一言だけ言った。

「その『まだ』っていつまで言えるんだろうな。油断してたら、時代に置いていかれてしまうぞ」

斉木は急に視線を遠くにした。ついこの前の春休みまで、一緒に楽しく撮影していた。その姿を思うと、僕には目の前の彼の仕草や言葉が、どこか取って付けたもののように感じてしまう。

「なんか、あったの？」

「……春休みにさ、地元の仲間と久しぶりに会ったんだよ。そいつは高卒で、今は車の整備士なんだけど、なんか楽しそうでさ。手に職って、大事だよなって思って」

「写真は違うのかな。手に職」

「写真なぁ。写真もすごいと思うけど、俺たちが本当になりたいのって風景写真家だろ？特に匠海は、星景写真家だ」

「うん」

「だとするとさ、どうやって食ってくんだって思うよな。星景写真家なんて、日本で何人いるよ？　写真に関われるならどんな仕事でもいいですって言うなら、なんかあるかもしれない。でも別に、新聞社で働きたいわけでも、スポーツ写真を撮りたいわけでもないだろ？」

「うん。まだ今は」

「その『まだ今』が、いつまで続くかって話」

「だから、辞める？」

「そう。多分ギリギリになったら、なりたくもなかったものに就職することになりそうだし。現実見ると、難しいだろ。だって、風景写真ってお金にならないから」

僕は似たような言葉を、違う人にずっと前にも言われたことがあった。わかってる。今斉木が言っていることは、とても正しい。

広告やポスター、雑誌などに使われるコマーシャル・フォトを撮る人はたくさんいる。実習でもやっているような、スタジオでの写真撮影を生業にしている人たちだ。東京を歩くと、数えきれないほどの広告やポスターと出会う。つまりその数だけ、撮った写真家がいるということだ。その道に進むのも、きっと楽しいと思う。でも僕は今、風景写真に一番心が惹かれている。その強い思いは、多分斉木も同じなんだと思う。だけどそっちの世界は、限られた数しか仕事がないという事実もあった。

「俺たちの写真、あんまり評価されてないだろ。一般のコンテストはもちろん、学校内の賞さえ選ばれないし」

「それは、運もあるって先生は言ってた」

学校内でもコンテストが行われる。テーマが自由の場合もあれば、決められた題材で撮ることも。先生からそれぞれ手書きのコメントをもらうが、僕や斉木の写真はなかなか評価されない。美しいけど、ワクワクしない、とか。なんだそれと思うけど、内心傷ついている自分もいた。

「先生の評価が低くても、インスタでは評価されたりするんだよ。先生って言っても、俺らより二十年も三十年も上の人だ。昔の感覚しか持ってない。俺はもっと、現代的ないい写真を撮りたいんだよ。写真の技術だって、別に人に教えられるくらい詳しくなりたいわけじゃない。将来講師になりたいわけでもないしな。それで言うと、いらない知識まで学ばなきゃいけない大学は、とても効率が悪い」

「そうなのかな」

「うん、そうだって。匠海だって、今目標に向かって走ってるって感じはないだろ？　ただ、日々を乗り越えることの繰り返し。こんな学生生活の先に、望んだ未来なんて絶対ない」

　僕は曖昧なリアクションをしながらも、納得できることは多くあると思った。でもまさか、同じ道を進む仲間に、そんな現実を突きつけられるとは思っていなかった。だからこそ、彼の言葉はより説得力を帯びて響いた。僕はこれまであまりに忙しかったから、その忙しさを言い訳にして、未来のことなんて考えてこなかった。考えないようにしていた。

　斉木は唐揚げ定食を食べ終えて、紙コップに入ったお茶を一口飲んでから、また話し始めた。

「で、俺さ、別の大学の先輩に誘われて、スターライフっていう団体に入ったんだ」

「何それ？」

急に、知らない言葉が出てきた。斉木は椅子を少し引いて、深く座り直して続けた。

「そもそもはオンラインサロンみたいなものだな。色んな得意分野を持ってる人が集まってできてる団体でさ。商品開発とかもしてる。ざっくり言うと、暮らしの質を向上させようっていうのが団体の理念。元々はその団体を作った人が水の大切さを知って、研究して質のいい浄水器を作ったことが始まりらしい。今は商品を売るだけじゃなくて、恵まれない人への募金や活動もかなり力を入れてる。それも、ちゃんと本当に恵まれない人に分配されるよう、独自の方法も作ってる。そうでもしないと、世の中は色んなところに中抜きされちゃうから。まぁ、なんか話聞いてるとさ、この世界は昔の人が作った無駄なものが多いから、それをなくして効率的にしようってのが上の人の考えで、それがすごい理にかなってるんだよ」

僕は頷きながら聞いた。なんだかまるで、斉木じゃない人が喋ってるみたいだった。

「って俺が今説明しても受け売りなだけで説得力ないからさ、今度その先輩紹介するわ。多分、匠海はめっちゃ気に入られると思う。話聞いとくだけでも、絶対損はないから。渋谷とかで、会う約束してもらおう」

眉根を寄せて、斉木はいつになく真剣な目をしていた。

食堂の外は、まだ強い雨が降り続いていて、空には濃い鉛筆で塗ったような真っ黒の雲が広がっていた。

それから直近の予定を尋ねられ、迷う間もなく、すぐ次の週にその先輩と三人で会う約束ができた。

渋谷のセンター街の筋を一つ曲がったところにある、チェーン店のカフェ。約束した時間に行ったら、斉木が僕を見つけて手を振った。

「こっちこっち」

その隣にいる、ピシッと決まったスーツを着た男の人が、先輩だとわかった。思ったより若い。短く切った黒い髪は、整髪料でちょっと濡れてるみたいにセットされている。垢抜けた、東京の人って感じだった。

「匠海くんだね。よろしく。青山です」

手が差しだされたから、僕は握手をした。軽く握ったと思えば、すぐに離して僕の後ろを指さす。

「あそこで注文できるよ」

青山さんが指さしたのは、カフェのカウンターだった。

テーブルには二人のアイスコーヒーが既にあったから、僕は一人で注文しにいった。アイスコーヒーのSサイズ。それを持ってテーブルに戻った。

少し雑談してから、青山さんはスターライフのことを僕に語り始めた。

この前斉木が言っていた通り、暮らしの質を向上させようという理念があって、人のために何かをすると、それが回り回って自分たちに戻ってくるという話だった。

頑張っても生活が良くならない時代の中で、ちゃんと頑張った分だけ生活が豊かになるような仕組みを整えているらしかった。

「そしたら結果的に、自分たちだっていい服を着られるようになる。ヨレヨレの服ばっかりじゃ、恥ずかしいだろ？　女の子にだって、これまでとは比べ物にならないほどモテるようになる。そんなことも全部、三ヶ月もすればわかるよ。斉木くんだって、そろそろ実感する頃だ」

「斉木はいつから入ってるの？」

「まだ、正式に入ってからは一ヶ月くらい」

「そう、一ヶ月くらいだけど、斉木くんは実力があるし、努力もしてる。もうすぐ実感できる頃だと思う」

青山さんに褒められて、斉木は照れを隠すようにアイスコーヒーに口をつけた。持ち上げたカップの下に、歪《いびつ》な水滴の輪ができていた。

「俺さ、青山さんからスターライフの話を聞いて、今まで本当に無駄なことをしてきたんだなって思ったんだ。大学のこと。写真のこともそうだった」

「写真？」

「前も言ったけど、大学の勉強って無駄ばっかりだろ？　今時フィルムで写真を撮ることなんてほとんどないのに、その勉強したりさ。本当に写真で有名になりたいんだったら、そんな回りくどいことしなくていい。大体の知識は、ユーチューブとかでも学べるし」

無駄。確かに、否定はできないこともある。

でも、芸術ってそういうところが大事なんじゃないかな、とも思う。僕が言っても説得力はないけど。

「そう思うと、こんなに高い学費払ってまで大学行く意味あんのかなって気づいて。同じ勉強する場所って意味なら、スターライフで活躍してる人たちと会って、実際の仕事の話聴いてる方が、生きていくためになるって思ったんだ」

「そう。斉木くんは結構すぐにそれに気づけたよね。古い人間はなかなかその価値がわからない。みんな抜けだせないんだよ。大学だって商売だから、高い学費を生徒に払わせ続ける必要がある。だから形だけの権威を振りかざして、学生に意味があるように信じこませる。だけど本当に知識や経験が欲しいなら、そうじゃない方法が世の中にはたくさんあるんだ。聞けば、匠海くんは今は一人暮らしで、学費のためにかなりバイトに時間を割いてるんだよね？」

「そうですね」

斉木が言ったんだな、と思った。

「スターライフなら、努力すればお金は自然と集まってくる。使っても、その分回り回って戻ってくるんだよ。バイトもしなくて済むようになるかもしれない。例えば写真集を作りたいとか、そういう場合もスターライフの仲間が協力してくれるんだ。もちろん完成したら仲間も買ってくれるだろうし。最初に少しお金はかかるけれど、それさえ払えば、あとはお金も信頼もどんどん集まってくる」

「お金、かかるんですか？」

「そうだね。まず年間で三十万円」

「三十万？　結構するんですね」

現実味のない金額だった。田舎者の僕でもわかるくらい、胡散臭《うさんくさ》い話だと思った。

「匠海、そんなの自分が頑張ればすぐ返ってくるって。スターライフの仲間が匠海の写真を買ってくれるかもしれない。頑張っても結果が返ってこない普通の世界と違う。冷静に考えたらわかるけど、大学の年間百五十万の授業料と比べたらかなり安いぞ。しかも大学よりも学べることがたくさんあるし、大学より頑張ってる人もいっぱいいる。そんな人と交流もできる。人脈ができる。匠海も知ってるだろ？　普通の大学生は、つまんないやつらばっかで刺激がない。それに、あんなにたくさん人がいても、関わる人なんてほんの少しだ」

斉木の言っていることは、間違っていないかもしれない。でも、なぜだろう。僕はこの話に全然惹かれていなかった。惹かれないのは青山さんの言う、古い人間だからなのかもしれない。

「そうだよ。それに、ビジネスのアイデアも毎週メールで送られてくる。実際に役だつ情報がこれだけもらえることを思うと、大学に行くよりずっといい。例えばこんなメールで……」

青山さんは僕にスマホの画面を見せて、送られてくる有意義そうな情報をいくつか教えてくれた。年間の交流会の日程や、どんな著名人が関わっているかなど、流暢《りゅうちょう》に説明してくれる。メンバー同士はお互いに助けあい、仕事を頼みあったりするので、損することはないと。

「すごいですね。……でも今日すぐに判断ができないので、ちょっと考えさせてもらうことにします」

早めに切り上げてしまいたかった。僕はこの場を終わらせるために、わかりやすくお礼を言うことにした。

「青山さん、貴重なお時間をありがとうございました」

「なぁ、匠海ってなんで写真撮ってるんだっけ？」

片づけようとアイスコーヒーを手に持った僕に、苛立った様子で斉木が尋ねた。

なんで。楽しいから、とかではない答えが必要だった。アイスコーヒーをテーブルに置いて、考える。指についた水滴をズボンで拭いた。

「匠海は親父さんのためにって思ってるかもしれないけど、親父さんは今の匠海の暮らしをどう思ってるか、わからないよな」

それだけは、痛いところを突かれた気がした。

父。

僕が、カメラを持った理由。

父は僕が中学生の頃に他界した。僕が写真の道を選んだのは、写真館を営んでいた父の影響だ。

父が亡くなってから、当然写真館はやっていけなくなった。母と近くの集合住宅に引っ越して、二人で暮らしていた。だからあの写真館は、もうない。

「……その辺も、ちょっと考えるよ」

斉木にそれだけ言って、僕は足早にカフェをあとにした。


家に帰って色々考えた。僕が進むべき道について。

考えても答えは出なかった。色んな出来事が複雑に絡みあって、結論を出すのは難しかった。一日じゃ答えは出ずに、毎晩ベッドについてから、現実的なことを考える日々が続いた。

不安になることばかりだ、と思った。

まず、お金がない。実際、後期の学費が払えるかどうかわからない。頑張って節約しても危うい。それに、そうまでしてこの暮らしを続けたからといって、保証された未来もない。これまでバラバラのピースで散らばっていた不安が、斉木の話を引き金に、一つの形になったみたいだった。

どうするのが正解だろう。大学の学費、スターライフの入会金。お金の余裕がないから、やり直しがきかない。たった一つの正しい答えを見つけ出さなければ、もう後が無い。

斉木は本当に大学に来なくなった。会わなくなっても、僕には定期的に勧誘の連絡が来るようになった。答えを出せないから、僕は曖昧な返事ばかりして、たまに返事さえもしなかった。

そしたらある夜、斉木が僕の家までやってきた。

「なぁ、頼むよ。半分の十五万でもいいんだ。入会金払ったら、俺がうまく青山さんに言うよ。匠海が入ってくれたらさ、俺は上のグループ入れるから。そうなったら匠海のことを、もっとサポートできると思う」

家に来てまで、斉木はお金を払うことをすすめた。そういう仕組み変だよ、なんて言える段階ではなかった。

「匠海だって生活苦しいのわかってるけど、俺も今困ってるんだよ」

斉木の言葉がそのくらいで終われば、ごめんな、って言えてたかもしれない。でも、斉木はそこでやめなかった。

「今まで匠海のこと、色々助けてやっただろ。車だって、散々うちのやつ使ったじゃん。俺のおかげでいい写真撮れたし、提出物も出せただろ。インスタのフォロワーも増えた」

そう言われたら、もう断ることはできなかった。

斉木には、恩があったから。言われたようなことだけじゃなくて、斉木がいてくれたおかげで、大学が楽しかったから。それは本当だったから。

お金、用意するよ。と言った。

三十万は難しかったから、十五万。別の日に、斉木はわざわざ受け取りに来た。今度は青山さんと一緒に。

「納得してもらえて良かった。匠海くん、スターライフの仲間入りおめでとう」

「絶対匠海も良かったって思う時がくるからな。大丈夫」

お金を受け取って、二人は帰っていった。

その数日後、家に集会の招待状が届いた。住所なんて書いたことがなかったから怖かった。当然、僕は行かなかった。

いよいよ、後期の学費は払えないことが明確になった。

お金が足りないだけじゃなく、大学に行く意味も、言葉でうまく説明できなくなった。母に相談しようかと思った。いや、あんな形で出てきて、今さら頼れるはずがない。せめて全部自分で決めてから、報告の連絡をするくらいにしたい。

とりあえず「大学　辞め方」と何気なく検索したら、大学のホームページから、退学する方法はあっけなく見つかった。見つかったものの、それでも僕は斉木のように、大学を辞めるという決断をする勇気がなかった。何かを辞めるのは勇気がいる。多分、続けることよりも、ずっと。

実際、辞めたところで何をすればいいかわからない。斉木みたいに、信じて進めるものがあるならまだいい。

大学のホームページを眺めていて知ったのが、休学の制度だった。

年間十二万円払えば、大学に籍を残しておきながら、大学を休めるらしい。十二万なら、払える。きっぱり辞められたらいいのに、それができない中途半端な僕にぴったりな制度だと、ホームページを見ながら自嘲《じちょう》した。

考えた挙句、僕は休学を申請した。

一年大学に行かないなら、東京にいる意味もない。家賃を払い続けるのも損だ。何より、斉木や青山さんがまた家に来ると思うと怖かった。

僕は追い立てられるように、家を引き払うための準備をすることになった。管理会社に連絡する。引っ越しは荷物が多くなかったのと、時間指定をしなければ思ったより安く見積もってもらえた。一人暮らしサイズの洗濯機、冷蔵庫。段ボールは七個。東京で、ほとんど物を買ってなかったことに気がついた。

自分の部屋に、一時的に荷物を置かせてもらうだけなら迷惑にならないはずだ。

色んな作業をしながら実感する。僕は夢を描いてやってきた、この東京から離れる。何も成し遂げられないいまま。

追いつめられた精神状態で思い浮かんだのは、もういない父が撮った、蛍の写真だった。

「……それで、辰野か」

音楽と電球の光の中で、金井さんは呟いた。

僕はそこまで話して、黙って頷いた。

「なんで泣くんや」

話しながら、僕は涙を流していた。自分が情けなかったから。

「すみません……」

金井さんは困ったような顔をして、しばらく黙った。何かを考えているような間があってから、彼は思いついたように、一発で嘘だとわかる不自然な大笑いを始めた。

「なんですかそれ」

僕は金井さんの、場違いな笑い声に戸惑いながら言った。まさか、酔っ払っているのだろうか。

「嘘でも笑ってたらおもろなるんや。どっから演技なんかわからんようになる。ちょっとその境目を探してみ」

そう言って、また大笑いを始めた。

変な人だ、と思いながら、僕もちょっとだけ笑いそうになっていた。笑いはつられる。

「それ演技なんですか？」

途中から、金井さんは本当に爆笑しているように見えた。

「わからん。それがおもろいんや」

彼は笑いながら、なぜか目に涙を浮かべていた。


川島は七つの集落で形成されている。

そのうちの、一番奥の集落は源上《みなかみ》と呼ばれている。地図を見るとわかるが、県道は源上から渓谷沿いの細い道路に繋がり、その先は行き止まりになっている。つまり、どこかに繋がっているわけではない。だから源上には、源上に用事のある人以外は訪れることはない。

夕方の、まだ空が暗くなる前の時間、僕らは四人でヒメボタルのいる場所へ出発した。傾いた陽が、山間の緑を微かにオレンジに染めている。

金井さんの運転する車は、その細い道路を走り、源上のさらに奥へ向かっていた。

この前のことで、明里に嫌われたかもしれない。そう思っていたけれど、今日会った明里は、拍子抜けするくらい車内でご機嫌だった。

「あー、ホタル楽しみだなー」

さっきから何度もそんなことを言っている。

「よく行く場所なの？」

「実は去年と一昨年に、一回ずつ行ったことがあるだけ」

「あれ、そうなの？」

「うん。一人じゃさすがに行けないから」

「ほたる童謡公園は、一人で行くのにね」

「あの公園は危なくないもん。でも今から行くとこは、動物が出るから」

「……熊とか？」

金井さんがおそるおそる尋ねる。

「うん。熊も猿も、カモシカも。さすがに夜一人じゃ行けない」

みんな一緒なら安全ってわけでもないような気もするが、とりあえず僕は黙って聞いていた。

「ここ曲がったら三級の滝やで。まだ先？」

「そう。まだまっすぐ」

明里の指示通り、さらに車は奥深くまで進んでいく。ここまでは来たことないなぁ、と金井さんもこぼす。

しばらく行くと、車が通れないように閉じられたゲートがあった。ゲートの向こうの道は、ガードレールこそあるが、人が立ち入る場所とは思えない空気が漂っている。頭上の高いところで、木々の葉が幾重にも折り重なって、日の光を遮っている。

「さ、ここから歩こう」

「この先は国有林やで。この中なん？」

「そうだよ」

「国有林って入ってええんやっけ？」

「ダメなの？　大丈夫でしょ。ゲートの横は人が通れるようになってるよ」

明里は軽やかに車から降りて歩きだした。僕らは顔を見合わせてから、慌てて明里についていく。

渓谷沿いの道路を、明里を先頭に並んで歩いていく。僕の背中にはカメラの入ったリュック。手には三脚。さらさらと流れる水の音が聞こえる。まだ明るい時間だから、怖いとは思わなかった。ただ、ガードレールの向こうは深い谷になっているので、落ちたら無事ではすまなそうだった。

道路をしばらく歩くと、渓谷を渡る短い橋があった。それを渡ってさらに行くと、明里は急に立ち止まる。

「ここ。ちょっと上った先に、ヒメボタルが出るの」

道路に対して直角の方向を指さした。木がたくさん生えている、そこそこ急な斜面だ。

「それは、本当に危なくない？」

僕は草が生い茂る斜面を見て、二の足を踏む。

「大丈夫。すぐそこの、ここから見える所らへんだから。その向こうの木の間にたくさん蛍が飛ぶよ」

　どうやら森の中を突き進んでいくわけではないらしい。それにはホッとした。

明里は地面に手をつきながら、軽い身のこなしで斜面を上る。運動神経が良いみたいだ。

「こっちだよ」

　明里が上から、僕らに手招きをする。

「明里、この道路の先って何があるの？」

　きよちゃんが、僕らが歩いてきた道の先を指さしながら尋ねる。

「確か、昔有名な詩人が住んでた家があったとか……かな？」

「じゃあまだ明るいうちに、私と金井くんでそっちの方見に行ってくる。二人はちょっと
ここにいて。すぐ戻る」

　きよちゃんが、僕のお尻をバシッと叩く。その勢いに、励ましの意図を感じる。明里と
二人にしてくれようとしているのだ。

　え、俺も？　と戸惑う金井さんの腕を引いて、きよちゃんは道路を奥へと歩いていった。

「ここにいるね。熊に気をつけてー」

　明里はその場でしゃがみ込んで、二人に向かって言った。

　僕は手に持った三脚を杖代わりにして、斜面を上って明里のそばまで行く。

「熊に気をつけるのは、僕たちもだよね」

「うん。滅多に出ないと思うけど」

「本当に出たらどうする?」

「熊は基本的に怖がりだから、こっちが音を出してると寄ってこないよ。歌とか歌えばいい」

「歌?」

「そう。あるー日、森のー中、熊さんにー、出会った」

「それ、もう出会ってる歌だよね」

僕は少し笑いながら指摘する。明里は気にせず歌い続けた。

撮影の準備のために、僕はしゃがんだまま三脚を目の前に立てて、カメラを取りつける。電源をいれて、シャッタースピード、F値、ISO感度のダイヤルをぐるぐる回す。

歌い終わった明里は、興味深そうに僕のカメラを見つめている。

「覗いてみていい?」

「もちろん」

明里はカメラのファインダーを覗きこむ。へぇー、と何かをわかったような声を出す。背中にかかったストレートの黒髪の隙間から、細い首が見えた。

「明里、この前ごめん」

僕が言ったら、彼女は不思議そうな顔でこちらを向いた。

「明里が小さかった頃の話、聞いた。知らなかった。ごめん。東京の話も、自慢気にしたりして」

明里は小さく首を振った。

「……謝ることじゃないよ。私が聞きたかったんだもん。気を遣わせてごめんね」

彼女は俯いて、小さく微笑んだ。

「実はこの前、きよちゃんから電話があったよ。匠海に私のこと話したって。でも、そんなに気を遣わないでって私は言った。もう今は、昔みたいなことはほとんどないから」

「……でも、ごめん」

と、僕はもう一度謝る。

「きよちゃんは、私のお姉ちゃんみたいな感じ。私のことを、守ってくれようとしてる。時々暴走しちゃうところもあって、私が恥ずかしくなることもあるけど」

うん、わかる。と、心の中で同意した。結果はどうあれ、きよちゃんは明里のことを大切に思っているんだと思う。

「明里と学生の頃からよく会ってたって言ってた」

「うん、私の学校のこととか、たくさん話を聞いてくれた。きよちゃんが名古屋に行ってる間も、帰ってきたら必ず一緒に遊んでたよ。岡谷まで行くと、スカラ座っていう映画館があって、車で連れていってもらってたの。きよちゃんは、都会での暮らしの話をたくさん聞かせてくれた。辰野と全然違うって」

二人が楽しく遊んでる姿は、自然と想像できた。

「そうやって話を聞いてたからかな。私も早く東京に行って、同い年の子たちみたいに遊んでみたいなって思ってた。今だって、東京の暮らしってどんな感じなんだろうって思うこともあるよ。だから、匠海の話を聞くのは楽しい」

明里は嬉しそうな顔をこちらに向ける。僕の話は、明里を嫌な気持ちにさせていなかったみたいだった。本人からそう聞けて、僕は安心して力が抜けた。地面にお尻をつけて座る。

「で、匠海は私の過去の話を聞いたんでしょ。じゃあ今度は匠海の過去の話も教えて？」

「いいけど。でも、恥ずかしい話ばっかりだよ」

「いいから、聞かせて」

明里に促されて、僕は話し始めた。この前金井さんに話したことだ。東京では、授業やバイトで自由な時間なんてなかったこと。怪我をして、お金がなくなったこと。一緒にいた友達が大学を辞めて、僕を何かの団体に誘ったこと。

家族のことも話した。実家が写真館で、それが僕が写真を撮り始めた理由だったこと。だけど、中学生の頃に父が亡くなって、写真館はもうないこと。

もちろん、泣いたりなんかせずに話せた。明里は真剣な眼差しで僕の話を聞いてくれた。東京から遠く離れたこの森の中で、明里にこんな話をしていると、まるで存在しない別の世界のことを話しているようにも感じられた。だけどそれは、頑丈な糸で繋がれた凧《たこ》のように、どこまで行っても逃れられない僕の人生の一部だった。

「それで、東京の家を引き払った匠海は、実家に帰らなかったの？」

「帰るつもりだったんだ。嫌だったけれど、一年だけならと思った。自分の部屋だってあったはずだから」

本当にそうしようと思っていた。実家で暮らして、バイトをしてお金をためるのがいいと。

「だけど、ダメだった」

「ダメだった？」

「ちょうどそのタイミングで、母から電話がかかってきたんだ」

電話の通知画面を見て、僕は驚いた。とても珍しいことだった。

「久しぶりに話して、そこで聞いた。母は再婚することになったんだ」

明里は話の成り行きを見極めるように、表情を変えずに僕をまっすぐ見つめていた。

「僕はおめでとうと言った。心からそう思ったから。相手は浩二《こうじ》さんって方で、僕も会ったことがある人なんだ。父が亡くなってから、母のことを支えてくれてた」

「素敵なことじゃない」

「そう。だけど、その電話があって、僕は実家に帰ろうと思ってるなんて言いだせなくなった。まさか向こうは、そんなこと考えてもいないだろうから」

僕も電話をしなければと思っていたところだった。もし順番が違ったら、状況は少し変わっていたかもしれない。

「……休学のことは伝えた？」

「伝えた。あと、家を引き払うのに荷物を預かってもらわないといけないから、節約のために友達の家で一年暮らすって、その場で嘘をついた。心配はしてくれてたよ。お金も、多くは難しいけど、必要なら送ると言ってくれた」

「優しいじゃない」

「うん。だけど、僕は頼りたくないんだ。向こうだって大変なことも知ってる。僕は自分のわがままで大学に行ったから。それに、子どもっぽいと言われるかもしれないけれど、母は父がいた場所から、どんどん先に進んでいるみたいで……」

明里は小さく首を横に振った。

「匠海のお母さんだって、本当は辛かったんだと思うよ」

「そうなんだろうね。でも……」

わかっている。もしかしたら、子どもだった僕よりも辛かったのかもしれない。

「きっとね、強いんだよ。私のお母さんみたいに。生きていくために何が大切か、何をしなければいけないか、わかってる。私の両親はね、私が子どもの頃に離婚したんだ。幼かったから、私はお父さんのことをあまり覚えてない。だから匠海とは全然状況が違うかもしれないけれど、お母さんは何かを選ばなきゃいけなかったんだと思うよ。今なら、匠海もお母さんの選択の意味がわかるんじゃないの？」

「……わかるよ。でも、わかることと割り切れることは、また別の問題なんだ」

僕は言葉を続けられなくなって、カメラに手を伸ばした。大体の高さを決めて水平を合わせる。レンズのピントも合わせておく。

「ホタル、あの辺りに出るのかな？」

僕は森の向こうに目線をやった。明里もそちらを向く。

「そうだね、あの辺り一帯に」

僕はイメージしながら、ここ、と決めた構図でシャッターを押した。三秒経って、シャッター音が鳴る。

「試し撮り？」

「うん。あと、周りの景色の写真だけは、明るいうちに撮っておかないといけないんだ。暗くなると、写らないから。後から蛍の光を、そこに合わせて一枚の写真にする」

「なにそれ、ズルってこと？」

「ズルじゃないよ。そういう技術。これをズルって言うなら、ホタルの写真なんて全部ズルだよ。比較明合成《ひかくめいごうせい》って言って、ホタルの光を何枚も重ねるんだから」

「へぇー。今はなんでもできるんだね」

「なんでもってわけじゃないけど。デジタルの進化だ」

ふーん、と言うが、明里はまだ少し納得のいかないような顔をしている。

「匠海は、どうして写真が好きなの？」

「……どうしてかな」

改めてそう訊かれると、すぐに答えられない。それがわかっていたら、僕はまだ東京にいたかもしれない。

「それしかなかったのかも」

「どういう意味？」

「僕はきっと、自分がやりたいことよりも、自分がやっておかしくないものを選んできたんだと思う。僕には写真以外に、自信を持って選べるものがなかった」

僕は煮え切らない口調でそう言った。

言ってから、困らせることを言ったかなと思った。だから、僕は明里が何かを言う前に、すぐに言葉を連ねた。

「そうだ、ここにはヒメボタルしかいないいんだよね？」

明里は少し考えてから答えた。

「んー、ここはそうだね。ホタルは種類によって、暮らしている場所が違うから。ゲンジボタルは清流。ヘイケボタルは田んぼ。ヒメボタルは、こういう森の中」

「食べてるものが違うのかな」

「うん。ゲンジボタルはカワニナを食べて育つ。だから、ほたる童謡公園ではカワニナを放流するの。ヒメボタルはカタツムリとかを食べる。蛍の中でも一番環境の変化に敏感かもね。人がいない場所で、ひっそりと輝く」

「へぇー、さすがに詳しいね。蛍博士だ」

「家に蛍の本があって、それを読んでたから。でもこのあたりの人なら、みんな知ってることだと思うよ。辰野の人にとって、蛍は守るべき存在。夏の儚《はかな》い、美しい光」

明里は森から、少し上へと視線を移す。

「見て、明るい星が出てる」

空の低い位置に、夏の大三角が出ていた。街明かりが少ない川島は、星がくっきりと見える。それで、僕は思いついた。

「じゃあ、蛍のことを教えてくれた代わりに、今度は星座のことを教えてあげる」

「わかるの？」

「うん。あそこにある明るい星見える？」

「あれ？」

「そう。あれがこと座のベガ。夏の大三角の中で、一番明るい。あと二つ、明るい星があるよね？　少し離れてるのが、わし座のアルタイル。ベガの上にあるのが、はくちょう座のデネブ」

星の光に指を沿わせながら、僕は説明を続ける。私が観てるのあってる？　と、明里は片目を閉じて、僕の伸ばした手に顔を近づける。明里の呼吸が、かすかに指に伝わる。

「ベガとアルタイルが、それぞれ織姫と彦星。その間を、天の川が通っているんだ」

「へぇー、そうなんだ！　七夕には、あの星の川を渡って二人は会うんだね」

明里は感動したように言った。

東京でも、ギリギリ夏の大三角は見える。だけど、間を通る天の川はまず見えない。

「匠海はなんで星座に詳しいの?」

「……教えてもらったんだ。昔」

「誰に?」

「さっき話した、父に」

結局、父の話だ。そう思うと同時に、懐かしい記憶がふと蘇ってきた。

「僕が写真をしてるのも、星が好きなのも、もういない人のせいなのかもしれない」

自分でもわかっている。僕は歩きだしているようで、あの頃からずっと立ち止まっている。

「匠海のお父さん、どんな人だったの?」

そんなこと、人に話したことなかった。話そうと思ったこともない。

なのに、僕は明里に聞いてほしいと思えた。

僕が子どもの頃、父と一緒にいた時のこと。


生まれ育った町が好きじゃない理由はいくつかあった。

とても中途半端な町だった。都会ではないし、極端に田舎と言えるほど人口が少ない町でもない。いいところをあげるとすれば、山があって、星が綺麗なこと。そしてあの町には、父がいた。

実家は写真館を経営していた。祖父から続いた、地元で愛されていた写真館だ。証明写真はもちろん、結婚式や卒業式など、節目節目で家族写真や子どもの写真を撮ってもらいに来る人がいた。

一階が受付。玄関の横の螺旋階段を上った二階がスタジオになっていて、撮影スペースの前にカメラと照明機材が並んでいた。一階にはフィルム現像用の暗室もあって、幼い頃は入るのが禁止されていた。

一階の扉の前には、スタジオで撮られた写真の作例がいくつも飾られていた。家族、子ども、時にはペットも。

仕事ではほとんど人物を撮っていた父だったが、実は風景写真を撮るのが好きだった。父はよく僕を連れて、車で山の上まで行った。僕を連れていくためというより、写真を撮りにいくのに、僕を連れていったというのが正しいかもしれない。

いずれにせよ、僕がそこで観た星空は圧巻だった。冬はいくつもの一等星、夏は天の川までくっきり見えた。

父は車の中で、いつも天候の話をしていた。雲の形、温度と湿度、風向き。自然の写真を撮るということは、自然を知らなければいけない。父はそう、何度も繰り返し話していた。出発する時は曇っていても、父の目的地では決まって綺麗に星が見えた。これから雲海が出ると言えば、必ず朝予言した通りに出る。子どもの僕には手品みたいだった。

撮影に行く時は母が夜食を用意してくれていて、僕はそれが楽しみだった。小さな弁当箱と水筒を、いつも持って出かけた。星空の下、父と並んで俵むすびを食べる。自然の中で食べるそれは、とてつもなく美味しく感じた。もしかすると、ちょうど小腹がすく時間だっただけなのかもしれないけれど。

写真を撮りに行った次の日は、父が現像した写真を見るのが楽しみだった。自分が観た星空の記憶が、写真という形になって手元に現れることに、なんとも言えない不思議な感覚を覚えた。感動、というよりは、いいなぁ、という感じ。

初めて暗室で現像を見た時のことは、今でも覚えている。現像液の中から、景色が湧きあがってくる。ちょうどその頃、人間の体のほとんどが水でできているというのを、学校で教わっていた。写真も含め、この星の全ては水から生まれるのだと、悟りにも似た感覚を覚えた。

影響されて、気がつけば僕も写真を撮るようになった。父が持っていた、当時の最新の一眼レフの使い方を覚えて、子どもながらに三脚まで使って撮るようになった。

「うまいな。構図にセンスがあるぞ」

思えばただの親馬鹿だったのかもしれない。それでも、父に褒められると得意な気持ちになった。

父は休みの日に、遠出をして景色を撮りに行くこともあった。コンテストにも入賞していたようで、東京の写真展で展示されたこともあったらしい。受付横の棚の中には、父の写真が掲載された雑誌が、付箋を貼られて保管されていた。

父が亡くなったのは、僕が中学生の頃だった。

脳卒中だった。くも膜下出血。発症から、一ヶ月と経たずに亡くなった。タバコも吸わない、お酒も過度に飲まない父だったから、何が原因かなんてわからない。ただ、そういうことが誰にでも起こる可能性がある、ということを教えられた。

泣いた、なんてものじゃなかった。当たり前にずっといた人と、もう二度と会えないということの意味が、よくわからなかった。

長い時間苦しまなくて良かった、という人がいた。病気にならなければもっと良かったのに。

母が喪主になって葬儀が行われた。当時中学生の僕には、何が何だかわからないうちに全てが終わった。親戚の人たちが、式に関するあれこれをたくさん助けてくれたらしかった。

その後、母から現実的な話を告げられた。

写真館の経営が厳しかったこと。父がいなければ、当然続けられないこと。父の保険が下りるので、当面の生活は大丈夫なこと。でも、もう長くはここで暮らせないこと。

写真館を手放して、母と僕は近くの古い集合住宅へと移った。機材のほとんどは売りに出され、父の持っていたカメラだけが、僕の手元に残った。

様々な手続きを、母は手際良くこなしていった。そんな母の姿を見て、母が本当に辛い思いをしているのか、僕にはわからなかった。僕はただ、全ての変化を受け入れるしかなかった。

数年が経って、僕が高校生の頃、母には支えてくれる男の人ができた。その人とよく出かけるようになってから、母は楽しそうな様子を見せることが多くなった。

「お世話になってる、浩二さんを紹介する」

母が家に連れてきたその人は、母より二つ年上の人だった。何度か会ったことがあったのは、写真館を手放す時のあれこれを、手伝ってくれた人だったからだ。

浩二さんは不動産の仕事をしているらしかった。僕にも優しくしてくれて、彼が人格者であることも、なんとなくわかった。

それなのに僕は、うまく言葉にできないけれど、あまりいい気がしていなかった。母の力になってくれる人がいるのは、とてもいいことだとわかっていたのに。

母は生きていくために、頼るべき人を知っていた。そんな強《したた》かさのある人だった。

僕はダメだった。父を亡くして、写真館も失って。

映画のシーンが変わるように、はい次へ、ってわけにはいかない。心は簡単に前へは進めない。一人でどんどん進んでいるように見えた母にも、僕はうまく振るまえなくなった。

高校で進路の話になった時に、僕の中で自然と浮かんだのは写真の道だった。ちゃんと写真のことを学びたいと思った僕は、東京の大学の写真学科に進学することに決めた。父のいない、写真館のない地元に、これ以上いたくはなかった。

行きたいと言った大学の学費を見て、母は驚くというより、呆れていた。そんな余裕がどこにあるのかと諭されたが、僕は自分でバイトすると言った。迷惑はかけない、と。

「でも、お金にならないでしょ。写真って」

母に、そう言われた。

その言葉で、父まで馬鹿にされた気がした。

お金の問題じゃない。そう言いたかった。でもその言葉が、この家族の現状で、なんの説得力もないことはわかっていた。

「迷惑はかけないから」

そう強く言うと、それ以上は反対されなかった。

僕は覚悟を決めた。

父が好きだった写真を続けられるように、一人で生きていける力が必要だった。


星がさっきよりも明るく見えるようになってきた。対照的に、森の闇は深くなる。木々の葉が擦れる音が、まるで話し声のように断続的に聞こえた。

明里は表情を変えないまま頷いた。

「……匠海は、そんなことがあったんだ」

話したら、最後まで聞いてくれた。かっこ悪い話を、笑うこともなく。

「だから僕は、もういない人の影を追って、写真を撮ってるのかもしれない。そりゃ、上達もしないし、仕事にする方法もわからないよね。その結果が、東京でバイト漬けの毎日」

自嘲気味に言った。僕は父を忘れたくないから写真を撮り続け、母は忘れられるように写真館を引き払った。

「もういない人？　私は、まだいると思うけど」

明里は僕の顔を見て、小さく微笑んだ。

「匠海は最初に言ったでしょ。写真を撮ってるのも、星が好きなのも、お父さんの影響だって。それってつまり、匠海の中にお父さんが生きてるってことなんじゃないかな」

明里の声が、心に空いた穴に優しく反響する。静かな森の夜で、確かに。

「今ここにいる人だけが、人生の全てじゃない。歩き方も、好きなご飯も、写真の撮り方も。全部、誰かが自分の中に生きてるからだよ」

明里の言葉は、暗闇で柔らかい光を放っているようだった。

「私ね、仕事で色んなお客さんの話を聞く機会があるでしょ？　前に広島から来たお客さんが、亡くなった人は、みんな星になって生きてるんだって言ってた。それってもしかしたら、その人と一緒に星を見つめた思い出の中に生きてるって意味なのかもしれない。だから匠海の場合、きっとお父さんと、星を見上げる度に会えてるんだと思うよ」

そうなのかな、と僕は呟くように言った。言ったら、本当にそんな気がしてきた。明里の言葉は、この森の中で魔法のような力を持っていた。

「おー、いるかぁ。結構暗くなってきたなぁ」

間の抜けた、金井さんの声が聞こえた。二人が戻ってきたみたいだった。

「家、見れた？」

「うん。誰もいないボロボロの家があっただけだった」

きよちゃんが答えた。だよね、と明里は言った。

きよちゃんは案じるような目で僕を見ている。ちゃんと話せたよ、という意味を込めて僕は頷いた。

二人は僕らのそばまで、少し苦労して斜面を上ってきた。

「蛍おるか？」

「もうすぐ、光ると思うよ」

明里は少し声を落として言った。

「暗くなったら、すぐ光るの？」

「ここのヒメボタルは、日が沈んだらすぐ光る。場所によって、ピークの時間は違うみたいだけど」

僕らは四人で、黙ったまま木の陰に座りこみ、じっと待った。あまり騒ぐと、蛍を驚かせてしまうような気がした。

夜の帳《とばり》が下りた。それから、そんなに時間がかからなかった。

「光った」

小さな声できよちゃんが言った。

「え、どこや」

「ほら、あの右上の方！」

僕らはみんな同じ方角に視線を送った。弱いストロボのように、チカ、チカ、と光っていた。

「あれが……蛍か？」

金井さんの反応も無理はなかった。想像していた光と違う。小さな光だけど、思っていた以上に力強く明滅していた。

「そう。あれがヒメボタルの光。可愛い名前なのに、かっこいいでしょ？」

最初の一匹を見つけた後、そこからは早かった。左の方でも明滅が始まり、気がつけば森の中、視界一面にその光は広がっていた。

「めっちゃすごいやん……」

「ほんとに、現実とは思えない。夢の中みたい」

こんな光、見たことがなかった。木々の間を、草葉の上を、光の波が行き交っていた。

「写真、撮らないの？」

「あ」

蛍に見惚れて、すっかり忘れていた。明里に言われて、慌てて僕はシャッターを押した。カメラが露光している間、じっとして待つ。

「一枚撮るのに、時間がかかるの？」

明里が尋ねた。押して、すぐに撮れないのを不思議に思ったのだろう。

「星や蛍とかの小さな光を撮る時は、何秒もシャッターを開けっぱなしにして、光を集めるんだよ」

「へぇー。光を集める。面白いね」

三十秒経ってから、シャッター音が鳴る。

僕は画面をチェックする。暗闇に慣れた目では、カメラの画面が眩しい。

「写った？」

「うん。写ってる」

画面の中に、小さな光の玉がいくつも浮かんでいた。

僕は続けてシャッターを押す。露光している間、今度は肉眼で蛍を眺める。星を撮っている時もそうしていた。星と違って動きや明滅がある分、迫力がある。目が離せなくなる。どのくらいの間そうしていただろうか。僕ら四人は、じっとヒメボタルを眺め続けていた。

今目に映っている光が、とても貴重だと思った。こんな宝石みたいな景色を、自分たち以外は誰も知らないのだと思うと不思議な気がした。そして、今夜僕らはたまたまここにいるだけなのだ。人の思いとは関係なく、蛍は深い森の中で夜ごと光り輝いている。

「ねぇ、蛍がなんで光ってるか知ってる？」

明里が小さな声で言った。どうしてだろう。少し考えてみた。

「求愛のためとか？」

「うん、それも一説あるみたい。でも私が聞いたのは、蛍はね、自分の居場所をみんなに教えてるんだって」

「居場所かぁ。光ってないと、気づいてもらえないのかな」

きよちゃんが寂しそうに言う。

「人間と、一緒やなぁ」

そこに、金井さんがボソリと付け加える。

光ってないと、気づいてもらえない。その通りだ。注目される才能があったり、自分を信じて進める者しか、人間だって評価してもらえない。

「私はね、本当は人間だって、みんな光を放ってると思うよ。ただ、それに気づけないことがあるだけ」

明里は続けた。

「私は、それに気づいてあげられる人でありたい」

蛍が光る。シャッターの音が鳴って、自分が写真を撮っていたことを思い出す。僕は今日のこの景色を、一生忘れたくないと思った。

そろそろ行こっか、と明里が言って、僕ら四人は帰途についた。

帰り道は真っ暗だった。懐中電灯を持った明里を先頭に、みんなでスマホのライトを照らして道路を歩いた。

「匠海、いい写真撮れた？」

きよちゃんが訊いた。

「はい。多分、いい感じになる気がしてます」

現像楽しみだなぁ、と嬉しそうに言ってくれる。

「川島は、冬の景色が一番美しいんだけどね」

明里が言った。

「蛍が出る夏じゃなくて？」

「うん。蛍は有名だけど、みんなに冬の姿も見てほしい。そうだ、匠海がこの町の、色んな表情の写真を撮ってあげたら？　東京から来た写真を勉強中の大学生が、この町の良さを写真にする。そんなの、みんな絶対喜んでくれるよ。今日の写真だって、私も欲しいし」

「それ、めっちゃええ案やな！」

後ろから、金井さんが急に大きな声を出した。僕は驚いてビクッとした。

「急に何ですか」

「だから、写真やって。明里ちゃん、ナイスアイデアや！」

「え、うん、でしょ？」

明里自身も、金井さんのテンションに若干驚いているように見えるが。

「匠海、印刷するんってどれくらいコストかかるん？」

「ピンキリですが、安いところを探せば一枚十円とかもありますよ」

「それなら千枚印刷しても一万円か……。よし、それこそ康太《こうた》くんに頼んでみるか」

「康太くん？」

「地域おこし協力隊のメンバーや。一応町を元気にすることやし、協力してくれるかもしれへん」

金井さんは、写真を売ろうとしているのだろうか。

「でも写真を売るのって、本当に難しいんです。写真館だって減ってきてますよね。みんなスマホで撮れるし、写真にお金出す人は本当に少ないと思います」

「それは、都会の話や。それに売るつもりはない。写真がお金にならんのやとしたら、そのお金にならんってところが大事なんや。まぁ、ちょっと任してみい。名付けて、『写真を配ってみんなを笑顔にしよう大作戦』や」

自信満々の表情で、金井さんは作戦名を言った。

信頼できるかどうかは置いといて、金井さんが何か面白いことをしたがっているのはわかった。

ご購入作品名

■この本をどこでお知りになりましたか？

□書店（書店名　　　　　　　　　　　　　　　　　　　　　　　　　　）

□新聞広告　　□ネット広告　　□その他（　　　　　　　　　　　　　）

■年齢　　　歳

■性別　　　男 ・ 女

■ご職業

□学生（大・高・中・小・その他）　□会社員　□公務員

□教員　□会社経営　□自営業　□主婦

□その他（　　　　　　　　　　）

ご意見、ご感想などありましたらぜひお聞かせください。

ご感想を広告等、書籍のPRに使わせていただいてもよろしいですか？

□実名で可　□匿名で可　□不可

一般書共通

ご協力ありがとうございました。

郵便はがき

おそれいりますが
切手を
お貼りください

102-8519

東京都千代田区麹町4-2-6
株式会社ポプラ社
一般書事業局　行

お名前	フリガナ	
ご住所	〒　　-	
E-mail	@	
電話番号		
ご記入日	西暦　　年　　月　　日	

上記の住所・メールアドレスにポプラ社からの案内の送付は必要ありません。□

※ご記入いただいた個人情報は、刊行物、イベントなどのご案内のほか、お客さまサービスの向上やマーケティングのために個人を特定しない統計情報の形で利用させていただきます。

※ポプラ社の個人情報の取扱いについては、ポプラ社ホームページ（www.poplar.co.jp） 内プライバシーポリシーをご確認ください。

「えー、めっちゃおしゃれじゃん！　インスタにあげる！　匠海は天才だよ！」

昼下がり、甘酒屋ＫＩＹＯのカウンターで、きよちゃんが歓声をあげた。僕が撮った店内の写真や甘酒の写真を、綺麗にレタッチして見せてあげたのだ。

「そうだ、この写真ってもっとレトロな雰囲気出せないかな」

「レトロですね、やってみます」

「注文ありなんかぁ」

金井さんが横から言う。ダメなの？　ときよちゃん。

「大丈夫ですよ。僕も要望通りの写真にするの、楽しいです」

「そうよ。それに、いい写真撮ってくれる代わりに、匠海は一年間甘酒飲み放題だから。金井くんはちゃんと払ってよ」

「それならええけど……。って、俺は飲み放題にならんのか？」

「絶対なりません。そう言う金井くんも、匠海くんの写真のおかげで、古着が売れたんでしょ？」

「確かにそうやな」

これまでずっと売れなかった古着が、最近ネットで立て続けに二着売れたらしい。それぞれ二千円のシャツ。僕も写真を撮ったので、どんなデザインだったか覚えている。それで金井さんから、四百円もらった。匠海の写真のおかげや、と感謝され、自分の写真が仕事になった気がして嬉しい。

「今まで考えたこともなかったけど。写真って売り上げにめっちゃ影響するんやな」

「そうよ。人気の店は、ちゃんとSNSでアピールしてるし」

「SNSかぁ。甘酒屋KIYOもあるんやっけ？」

「あるに決まってるじゃんね。インスタから店に来たって人もいるんだから」

僕は二人の会話を聞きながら、写真をレタッチしていた。

最近は金井さんの家か、この甘酒屋KIYOによく集まるようになっていた。明里も仕事が落ちついている時は来てくれて、四人でいる時間が増えた。

店にいると、地元の方がやってくる。時間によって中学生が来ることもあれば、おじいちゃんおばあちゃんが集まることもある。ここは色んな世代の交流の場になっているようだった。

「それにしても、印刷の費用は補ってもらえるみたいで良かったな」

「本当に助かります」

蛍をみんなで見に行ったあの夜から二日後、金井さんの家に牧瀬《まきせ》康太さんが来た。年齢は僕の四つ上で、優しいお兄ちゃんという感じの人だ。大学の先輩とかにいそうな雰囲気。康太さんは去年、地域起こし協力隊として東京から辰野に移住してきたそうだ。

地域おこし協力隊は、人口減少が著しい地方で、地域外の人材を受け入れて移住、定住を図る制度だ。待遇は自治体ごとに違っていて、辰野町では年間約二百万円の報酬と百万円以内の経費をもらい、町を盛りあげる仕事に就くらしい。外から町に来た人を案内したり、町主体のイベントを取り仕切ったり。任期は三年。副業をしていいので、その間に自分にできる新しい仕事を見つけることも重要だとか。

僕はこの前撮った蛍の写真を、前日に時間をかけてレタッチした。大学の提出物を作る時のように、丁寧に細かく作業をした。

それを、康太さんに見てもらったのだ。

「え、めちゃくちゃいい写真じゃないですか。来年のほたる祭りのポスターに使えそうですね」

「やろ？　めっちゃいいやろ？　東京から来た、写真家の卵なんや。卵言うても、ちょっとしたプロに頼むより全然うまいで。才能が違う。パンフレットとかにも使えるやろし」

目の前でこれだけ褒められると、恥ずかしいようで、一周まわって気持ちいい。

「使えますね。こういう写真が必要な人、役場の中でも探してみます。ちなみに、写真って一枚ごとの買い取りなんですか？」

康太さんは僕に尋ねる。

「お金をとるつもりはないです」

僕がそう言うと、金井さんが補足した。

「基本的に写真は無料や。せやけど、ちょっとお願いがあるんや」

「なんでしょう？」

「パンフレットとかに使う以外にも、辰野の景色や町の人の写真を撮ってタダで配ってあげたいんや。みんな喜ぶと思わん？　で、それにかかる印刷の費用だけ、何とかならへんかなって」

「印刷代ですか。そのくらいなら、こちらでなんとか出せるかもしれないです。無料で配るって、どうしてですか？」

「単純に喜んでもらいたいんや。自分のことや町を綺麗に撮ってもらって、嫌がる人はおらんと思うねんな」

「なるほど……。もしかしたら、辰野写真さんも協力してくれるかもですね。こちらから話してみます。匠海くんは、今大学生なんだよね？」

「そうです」

「将来辰野に移住したいと思ってるの？」

「……今のところ、それはまだ考えていません」

僕は正直に言った。

「そっか。若い人がこの町に来るのは、それだけでみんな喜んでくれるよ。匠海くんがやりたいことできるように、僕もサポートするし。もしこの町のことを気に入ったら、その時は教えて」

康太さんは誠実な眼差しでそう言った。

辰野に来て、変わった人ばかりと出会ってきたので、やっと普通の人と出会ったような気がした。

「あと、かやぶきの館が人手を欲しがってたよ。週末だけでも手伝ってもらえると、喜ぶと思うし」

「かやぶきの館って何ですか？」

「ここから近くにある、宿泊施設。大浴場があって、地元の利用者も多いよ。興味があれば連絡して」

バイトの紹介までしてもらった。

ともかく、印刷をしてもらうという金井さんの提案は協力してもらえることになった。それで今日は、甘酒屋ＫＩＹＯの写真を撮るところから始まったのだった。

「そろそろ、意味を教えてくださいよ」

「なんや、意味って？」

「この写真を配る作戦の目的です」

「目的って、言った通り喜んでもらうことやん。実際きよちゃんだって、喜んでくれてるし」

「うん、めっちゃ嬉しい。スマホじゃこんなの撮れないもん」

と、カウンターの向こうからきよちゃんが言う。

「僕はそれで全然いいんですけど、何か意図があるのかなって」

「んー、敢えて言うと、信用を得るためやな」

「はぁ」

「難しいところなんやけど、お金ってのが何かを、匠海は知らんやろ?」

「お金が、何か」

たまにこんな風に、金井さんは哲学的なことを言う。ちょっと賢そうに見える。いや、実際に賢いのか。

「お金ってのは、信用や。それを数値化したもの。やから、ほんまに信用があれば、わざわざ数値化する必要はないんや。匠海は今、信用を撒《ま》いてるところ」

「……よくわからないです」

「いずれ分かる時が来る。やから今はこれでええねん」

結局、僕は金井さんの意図がわからないままだった。家賃がかからないとはいえ、僕だって生活費は必要だ。いずれ大学に戻るなら、その学費も貯めなければならない。どうやってお金を工面するか、すぐそこに思考が向く僕は、まだまだ金井さんのようにはなれない。

それでも、写真を撮って無料で印刷できる今の状況は正直嬉しい。

「甘酒屋KIYOの次は、何を撮ればいいですかね」

「商店街の景色やな。道の写真とか、別の店の写真や。ほら行くで」

金井さんと一緒に、シャッター街となっている商店街へ出かけた。

広角レンズで商店街全体の景色や、店の外観を何枚も撮る。開いている店には勇気を出して入って、写真を撮らせてもらった。眼鏡屋、時計屋、布団屋。東京から来た大学生で、辰野の写真を撮っています、と言うと、意外にも興味を持ってもらえた。こんなところじゃなくて、もっと綺麗なもの撮りなよ、と言う人もいた。

プリントできたら持ってきますね、と僕は伝えた。さらに、綺麗に仕上げます、とか、被写体がいいですね、など、気がつけば色んなことを口走っていた。金井さんがいてくれたこともあったけど、好きなことになると、意外と知らない人と話せる自分がいたことに驚いた。

商店街、店、近くを流れる天竜川《てんりゅうがわ》、公園、なんでもない道。辰野の写真をたくさん撮る。佳恵さんにも会いに行って、ゆいまーるの写真を撮らせてもらった。「なんか面白いこと始めたねぇ」と佳恵さんも一緒にワクワクしてくれているみたいだった。

一通り撮ったら、金井さんの家に戻る。撮った写真をパソコンに移して、写真の色味などを調節する。そんなことを毎日繰り返す。

写真のレタッチは、丁寧にしだすと本当にキリがない。完成度を上げるには部分的な補正も必要だ。今回は枚数が多いので、なおさら時間がかかる。

休憩がてら、僕はカメラを持って外に出かけた。川島も歩いていると、写真を撮りたくなるような美しい場所がたくさんある。写真の良し悪しは、八十パーセントが構図で決まると言われている。残りの二十パーセントが現像。つまり写真家は、人の心を惹きつける構図探しに全力を尽くさなければいけない。

川島は田畑があるおかげで開けた景色を撮ることもできるし、道に沿って流れる横川川《よこかわかわ》も風情がある。川はそれ自体が視線誘導の役割を担ってくれるので、奥行きのある構図を作りやすい。川沿いには季節の植物が色づき、植えられた木々にはもうすぐ紅葉も見られるだろう。

ただ、山間にあるこの町は、美しい光を演出する夕焼けにはあまり恵まれない。今日はどうだろう、と思いながら道を歩く。

県道をまっすぐ行くと、畑で仕事をしているおじいさんがいた。嫌がられないだろうかと思いながら、僕は勇気を出して話しかけた。

「あのー、すみません」

屈んで作業をしていたおじいさんは、体を起こして僕を見る。

「東京から来て、今辰野に住んでる者なんですけど」

「ああ、金井くんのところに来てる子か？」

「あ、そうです」

知られていたことに驚いた。小さな町だから、新しい人が入ってくるとすぐに話題になるのだろう。

「写真の勉強中で、こんな風に辰野の写真を撮っているんです」

僕は、この前撮ってプリントしてもらった写真を一枚渡した。

「お、商店街の写真か？　こんな綺麗に撮れるんかぁ」

「良かったら、記念にもらってください」

「いいだぁ？」

「はい。それと、おじいさんが畑仕事している姿も撮ってもいいですか？」

「俺か？　いいけど、そんなん撮ってどうするだ？」

「記念になればと思いまして。またプリントしたら持ってきますね」

僕は少し離れて、農作業をするおじいさんの写真を何枚も撮った。学生か？　なんもない町だろ？　と、作業をしながら話しかけてくれる。ある程度撮れたら、邪魔になる前に切りあげる。

「また、写真ができたら持ってきますね」

「ありがとな」

僕はお辞儀をして、道を戻ろうと思った。

「兄ちゃん、ちょっと待って」

急に呼び止められた。

「これ、一つ持っていきな」

その手には、大根が摑まれていた。

「え、いいですよ、申し訳ないです」

「何言ってんだよ。どうせ余らせるんだ。これもついでに持っていきな」

置いてあるザルに入っていた人参も、摑んで僕に渡してくれた。

「ありがとうございます」

カメラを肩から下げて、両手には土のついた大根と人参。そんなつもりじゃなかったのに、もらってしまった。

そこでふと、思い出した。

――お金ってのは、信用や
金井さんが言ってた言葉。

僕がこの土地に住んでいるということ。写真を撮って渡すということ。

手に持った野菜を見ながら考える。もしかすると、こういうことなのだろうか。

太陽は山間の雲の向こうに隠れて見えなくなった。厚めの雲がたっぷりあって、今日は夕焼けの兆候さえ見られない。

なんでもない、普通の空。そんな空が、とても綺麗に見えた。

バイトはすることにした。康太さんに教えてもらった、かやぶきの館だ。現実的に、貯めなければいけない学費のこともあったから、毎週末の二日間から始めることにした。金井さんは「お金っているか?」とまたそんなことを言っていたが、少しくらい働かないと精神衛生上良くない気がした。

かやぶきの館は金井さんの家から二キロくらいの場所にあって、一応歩いてでも行ける。大浴場や宴会場があって、週末は他県からのお客さんもやってくる。

働いている人は、みんな近くに住んでいるおじちゃんやおばちゃんだ。ずっと人手不足らしくて、僕が行くとみんな喜んでくれた。

大浴場は朝の受付が十時からなので、僕は八時半に出勤して風呂の掃除をする。スポンジやデッキブラシで蛇口や床を擦るのは、とにかく体力勝負なのだと知った。それが終われば、チェックアウトした客室の掃除や、ベッドメイクまでしていく。その他にも宴会場の掃除やトイレの掃除。僕はひたすら、朝から夕方まで掃除をすることになった。

慣れない仕事で体は疲れるが、週末だけなのでいい気分転換になる。従業員の中ではもちろん僕が最年少だ。仕事を教えてくれる地元のおばちゃんたちは、とても丁寧に接してくれた。

二日働けば、だいたい一万数千円になる。つまり、それだけで金井さんの家の一月分の家賃になるのだ。払わないのだけど。

朝布団から出ると、空気の冷たさに体が縮こまる。九月に入りたての頃はまだ夏だと思っていたが、下旬になると、もう空気が秋めいていた。特に朝の気温は低い。夏の間は開けっ放しにしていた家の窓も、今は全部閉めきっている。

着ている長袖のTシャツは、金井さんにもらったものだった。夏にここに来た僕は、秋冬の服は全く持っていなかったからだ。

実家に連絡して、服の入った段ボールをそのままこちらに送ってもらおうかと思った。だけど結局、上着も全部金井さんが貸してくれた。分厚いフリースのジャケットや、シミのついたダウンまで。「一応古着屋やから、服はいっぱいあるで」と。

でも、流石に下着や肌着は買いに行った。岡谷まで行けばユニクロがあると聞いて、金井さんの車を借りて行った。夏用と冬用。一枚千円もしないくらいのものを、とりあえず三枚ずつ買っておいた。

新しい暮らしに慣れていく。非日常が、日常になっていく。そのグラデーションの上に、僕は立っていた。

隣の和室に入って、今日は金井さんがいないことを思い出した。昨日から、僕はこの家に一人だ。

昨日の昼、金井さんはリュックに荷物を詰めて、どこかに行く準備をしていた。

「あれ、どこか行くんですか？」

「ちょっと数日、京都の方に行ってくるわ」

「急にどうしたんですか？」

「元同僚から仕事頼まれてな。ま、わりのいいバイトみたいなもんや。出稼ぎしてくる」

「僕、家にいていいんですか？」

「うん。何か困ったことあったら連絡してー」

そう言って、あっさり京都へと出かけていった。

僕が長い間機会を窺ってきた泥棒だったらどうするんだ、と思ったが、普段からこの家は鍵がかかっていないことを思い出した。

顔を洗って、僕はいつも通りパソコンに向かって写真の作業を始めた。ここ最近撮った写真がたくさんあって、どれから仕上げようか迷うくらいだった。写真データを開くと、撮ってきた景色や辰野の人たちの姿が画面に映しだされる。

写真を撮ってそれを配るということを繰り返していると、自然とこの町に知り合いができていた。きよちゃんや佳恵さんはもちろん、商店街のおばさん、農家のおじいさん、印刷してくれる辰野写真のおじさん。

少し前まで、知っている人なんて誰もいなかったのに。

この人たちが笑ってくれるような写真を撮りたいな、と思う。すると、写真の作業が前以上に楽しくなってくる。大学にいた頃には、あまりなかった感覚だった。

よし、今日の午後は、辰野写真に作ったデータを渡しに行こう。

そう思いながら写真のレタッチをしていると、置いていたスマホが鳴った。

画面を見ると、明里からの電話だった。急になんだろう。

「あ、匠海、今日時間ある？」

「うん。あるよ」

「じゃあ、ちょっと今からそっちに迎えに行っていい？」

「え、どしたの？　どっか行くの？」

「うん、二十分後くらいに行く」

微妙に会話が嚙《か》み合わないまま、一方的に電話は切れた。僕は慌てて外に出かける準備をした。

なんの用事だろう。服を着替えながら、頭の中でシミュレーションをしてみる。車でやってくる明里。匠海とドライブしたくなったの、と少し首を傾げて言う明里。いや、ない。絶対ない。

カメラはいるだろうか。いるかもしれない。一応準備しておこう。いや、それより身だしなみだ。

僕は急いでもう一度顔を洗って、服を着替えた。そしてきっかり二十分後、明里の運転する白の軽ワゴン車が来た。

「急にごめん」

窓を開けて、明里が言う。

「いいよ。運転代わろうか?」

「大丈夫。すぐそこだから。乗って」

どうやらドライブではなさそうだった。僕は訳も分からず助手席に座る。車は坂を降りて、県道を走り出した。

「あのさ、田んぼに入ったことある?」

「んー、ないかな」

「そっか。でも大丈夫」

「大丈夫って何が? ってかどこ行くの?」

思いきって訊いてみる。

「今から、稲刈りするの」

「稲刈り? そうなんだ。初めて見る」

「匠海もするんだよ」

「え?」

運転する明里を見ると、なぜかいたずらな笑みを浮かべている。

「そんなのしたことないよ。農作業なんて、小学校でプチトマト育てたくらい」

「大丈夫、教えるから。着替えも後ろにあるから、必要なら使って」

振り返ると様々な道具や着替えが、後部座席に所狭しと積まれてあった。長靴まである。

「まじで？」

「まじ」

「初めてでもできること？」

「できるよ。実は今日、お母さんや他の人も一緒に稲刈りする予定だったんだ。稲刈りは人手がいるから。でも、急に遠方からのお客さんが来ることになっちゃったの。それでも稲刈りはタイミング逃すと困るから、今日から始めたくて。手伝ってくれる？」

ちらっとこちらを見て、自然な仕草で首を傾げる。イメージとは違うシチュエーションだけど、可愛い。

「……僕にできることなら」

断れるはずもなかった。

「稲刈りは、一年の努力がやっと形になる時なの。春から、もっと言えばその前の冬から準備してきたものがやっとお米になる。だからとっても大事。稲刈りには刈取り、結束、稲架《はぜ》かけ、脱穀《だっこく》っていう手順があるんだけど、今日はその稲架かけまでやるから」

「わかりました」

言葉で説明されても全然わからない。が、とりあえずここでは頷いておく。

「あそこの田んぼだよ」

目的地は本当にすぐそこで、五分もかからなかった。

道の端に車を停める。車から出ると、眼前には金色の稲穂が広がっていた。風が吹くと、頭を垂れた稲穂は、まるで光る水面のように揺れて波立つ。

秋の景色。まだ九月だけど、さすが川島は秋の訪れが早い。

「匠海、はい」

振り返ると、明里が笑顔で何かを持っていた。

「これ、軍手。あとこっちは気をつけて持って」

渡されたのは鎌だった。反り返った内側に刃が付いていて、刃の部分はノコギリのようにギザギザになっている。

「変な形だ」

「ノコ鎌だからね。さぁ、始めよ」

明里は麦わら帽子を頭にかぶって、有無を言わさず田んぼへ入っていった。

僕は生まれて初めて、田んぼに足を踏みいれる。なんだか神聖な場所に入っていくような、不思議な感じがした。

「田んぼって、ずっと水が張られてるんだと思ってた」

「水を張ってるのは夏。今の時期は普通に歩けるよ。雨の後はぬかるんでるけどね」

明里は早速屈んで、一束の稲を左手で摑む。

「見てて。こうやって左手で稲を摑んで、右手の鎌で刈る」

明里が、稲をザクッと刈り取る。

「やってみて」

「わかった」

明里がやったのを、見よう見真似でやってみる。しかし、うまくいかない。意外と力がいる。

「ああ、それだと上手く切れないの。下から上に、引き上げるように刈る」

「下から上？」

「こうやって、稲を少し自分の方に傾ける」

「こう？」

「そう、それで刈る」

言われた通りにやってみる。すると、さっきよりも軽い力で稲は切れた。

「そう！　上手！」

なるほど。どんなものにもコツはあるんだな、と変なところで感心する。

「やりにくくても、稲を掴む左手の親指は絶対上にしてて。鎌で親指切っちゃうから。足も切らないように、こうやって自分の正面に稲がくるようにしてね。わかった？」

「わかった」

「で、その次は……」

明里は言いながら、続けて隣と、さらに隣の稲もスッと刈る。

「こうやって刈り続けると、左手に稲の束ができてくるでしょ。これを地面に重ねていって、大体両手で持てるくらいの稲の山を一つ作る」

そして、さらに稲を刈る。

「で、もう一つ稲の山を作ったら、今度はその上にこうやってクロスして置いておく。このクロスのセットを自分の後ろにいくつも作っていく。そうしておくと、次の作業が楽になるから」

「了解」

次の作業のことは訊かない。どうせ言われてもわからないから。僕は言われた通りに稲を刈って、束のクロスを作ってみる。

「そう、バッチリ。じゃあ、私はあっち側からやるから、ここはよろしくね」

明里は少し向こうに移動して、慣れた手つきで稲を刈っていく。さすがに早い。僕は慎重に、鎌の向きに気をつけながらゆっくり刈り進む。慣れてくると、ザクザクと小気味良い音とともにテンポ良く進められるようになった。繰り返しの作業だけど、楽しい。

しかしそんな新鮮で楽しいのは最初の十分くらいだった。段々腰が痛くなってくる。屈んで作業をし続けるからだ。慣れてないから、変な力が入っているのかもしれない。

僕は時々体を起こして、腰を反らす。

明里は僕の倍以上の速度で稲を刈っていた。あの華奢な体の、どこにそんな力があるんだろうと疑問に思う。僕は背筋を伸ばして、ぼんやりと明里のことを見つめていた。

月明かりの下、最初に出会った時の儚い印象。昔の体が弱かった話を聞いた時には、守ってあげたいと思うような感情もあった。でも、どうやら彼女は思ったよりたくましい。

太陽の光を浴びて立つ彼女は、一面に実った稲穂のように、まるで自然に愛されているように見えた。

　僕の視線に気がついて、明里は顔を上げてこちらを見る。

「どしたの？」

「あ、いや。これさ、この田んぼ全部やるんだよね？」

　僕は誤魔化すように、向こうまで広がっている田んぼに顔を向ける。

「ここと、隣までやるよ」

　明里の目線を辿ると、もう一つ、同じくらいの広さの田んぼが隣にもある。まじか、と思った。

「今日で終わらないと思うから、明日もやろうね」

　ニコッと笑う。可愛いけど、強い。先の長さが思いやられながらも、僕は手を動かす。

体は痛くても、稲を刈る明里の姿は見ていて活力が湧いてくる。

　それから、僕はまた稲刈りに集中した。人間の脳は不思議で、同じ作業を繰り返し続けると、なぜか手が自動になってくる。風に乗って届く、秋特有の乾燥した草木の匂い。さっきよりも高くなった太陽の光。体の筋肉に乳酸が溜まってきている感覚まで、自分の周りに起こっている、全てを知覚しながらも、手は動き続ける。

　振り向くと、自分の後ろにはいくつもの稲のクロスができていた。

　最後まで刈り取り作業が終わると、明里は次の作業の説明を始めた。結束と呼ばれるその作業は、その名の通り、稲の束を稲を使って結束していく。一つ一つ、これもまた時間と体力のいる作業だった。

結束を全部終えると、もう時間は昼を過ぎていた。体は既にクタクタだった。

「匠海、お腹空いた？」

「うん」

「じゃあ休憩しよっか。お弁当作ってきたけど、食べる？」

その一言で、疲れが一気に吹っ飛んだ気がした。


車に戻って、軍手を外す。後部座席から小風呂敷を取り出して、せっかくだから外で食べよう、と明里が言った。

木陰に座って、明里が渡してくれた弁当箱を開ける。

「わ、美味しそう」

少し小さめの弁当箱に、彩り豊かなおかずとおにぎりが入っていた。高野豆腐の唐揚げ、ひじきの煮物、卵焼き、きんぴらごぼう、そして黒豆を炊いたやつ。

私の好きなやつばっかりでごめんね、と明里は言った。

「全部、明里が作ったの？」

「うん」

「すごい。食べていい？」

「もちろん」

いただきます。と言って僕は卵焼きを口に入れた。優しい出汁の味が、身体中に染み渡るようだった。

「めちゃくちゃ美味しいです」

「良かった」

明里が水筒から蓋のコップにお茶を注いでくれた。僕は順番におかずを食べる。

「全部美味しい」

素材の味を生かした絶妙な味付けだ。美味しいし、ありがたい気持ちになる。

「料理は菜摘さんに教わったの？」

「うん。野菜の美味しさを引き出す調理において、お母さんよりすごい人いないと思う。でも、教えてもらったっていうか、見てるから覚えたって感じかな。小さい頃はキッチンにさえ入れてもらえなかったし」

「どうして？」

「きっと、キッチンってお母さんにとっての聖域なんだと思う」

「聖域？」

「そう。『人』を『良』くすると書いて『食』べるでしょ？　人間は、結局食べ物からできてる。その食べ物を調理する場所ってことで、お母さんにとって特別な場所なんだと思う。

だから、たとえ娘でも簡単に中に入れさせない」

すごい。菜摘さん、厳しい人なのだろうか。でも食べ物が人間の体を作ってるのは確かだ。僕も今、明里のご飯を食べただけで急に力が湧いてきた。

外でご飯を食べるのは気持ちがいい。もっとゆっくり食べなよ、と明里に言われながら、僕は弁当をたいらげた。本当に美味しかった。

「ごちそうさまでした」

「お粗末様でした」

しばらくして、明里も食べ終える。小風呂敷に、空っぽになった二人の弁当箱を包む。

お腹いっぱいになった僕は、立ち上がって両手を上げて伸びをした。

「体、まだ大丈夫？」

明里が尋ねる。

「うん。あー、でも腰はちょっと痛いかも」

「そりゃそうだよね。稲刈りって、腰を痛める動きのフルコースだから。今はみんな機械でやるから、普通はここまで大変じゃないんだけど」

「あれ。確かに機械、使わないの？」

「お母さんが嫌がっててね。これくらいの規模なら、農業でガソリン使いたくないって。少しでも環境に優しくってこと。車は必要だから、仕方ないけど」

そんなところまで考えているなんて。僕はまだ環境問題と聞くと、自分との間に切り取り線があるように、切り離すことのできる世界のことのように感じてしまう。

「ごめんね、それに付きあわせて」

「全然。ずっと運動してなかったから、ちょうどいいよ。体が衰えてた」

僕はもう一度座って、水筒のお茶を飲ませてもらう。

「大学って、体育の授業とかないの？」

「一応あったよ。でも球技をちょっとするだけの、遊びみたいな感じだった。高校の頃みたいに無理やり走らされるとか、そういう空気はない」

「楽しそう」

「楽しかったかもね」

「いいなぁ。私もやりたい。体育でゆるい球技して、帰りに原宿でパンケーキ食べたい」

「明里にとっての大学生のイメージってそんな感じなの？」

僕が笑うと、「違うの？」と明里も笑う。

今度は彼女が立ち上がって、僕と同じように伸びをする。天に両手を突き上げる明里を、僕は座ったまま見上げていた。

「もし、私が東京に行ったら、うんとお洒落するんだ」

「何でお洒落？」

「だって、この格好どう思う？」

こちらを向いて、明里は手を広げて言った。

今の明里は農作業用の格好だ。紐のついた麦わら帽子。Tシャツの上に、汚れに強そうな撥水《はっすい》加工されたレインパーカー。下は、柄はちょっと現代風な水玉模様。でも、もんぺ。

「動きやすそう」

「そう。そうなの。私はいつもそんな感じ。お洒落したことないし、よくわからない」

確かに今の格好はお洒落とは言いがたい。でも、農作業の場はお洒落するような所でもないから、それでいいと思うけれど。

「私はお洒落ってもっと、心からあるものだと思うんだよね。きよちゃんの服、いつも可愛いから真似したくなるけど、私が似たような服着ても全然うまくいかないし。それに、こんな暮らししてるとお洒落して行く場所もないし。その点東京って、可愛い服着て出かける場所がたくさんあるじゃんね。渋谷、原宿、表参道、六本木、銀座。……辰野は何もない。山の向こうの岡谷とか諏訪が精一杯」

「憧れるのもわかるよ。でも、簡単に行けるような場所じゃないでしょ。菜摘さんも、東京のこと良く思ってないみたいだし」

「そうだけど、私が東京に行かなかったのは……」

後ろから車の音がした。道路を走ってきた白いバンが、僕らのすぐ横で停車する。

「明里ちゃん、今日は稲刈りかぁ」

矢ヶ崎《やがさき》さんだ、と明里は言った。この前、写真を撮らせてもらったおじいさんが、車の窓から顔を出している。そう、名前は矢ヶ崎さんだった。

「そうです。今日明日で終わらせます」

「今でも手刈りしてるなんて偉いなぁ。珍しいでな」

「お母さんのこだわりなんで、仕方ないです」

「お、カメラマンの兄ちゃんも稲刈りしてるんか」

「はい、今日初めてやりました。お手伝いです」

「いいな。若いもんが本物の農業覚えてくれると、辰野も安泰だ」

なぜか、僕が次世代を担っていくような言い方をされた。とりあえず曖昧に頷いておく。

「うちも収穫したら、また〝月〟に野菜持ってくな」

「いつもありがとうございます」

矢ヶ崎さんは手を振ってから、また車を走らせる。車体の後ろに跳ねた泥がついていた。

「匠海も知り合いだったの？」

「うん、この前写真撮らせてもらった。それをプリントして渡したら、すごく喜んでくれて」

そう。喜んでくれて、また野菜をいただいてしまった。矢ヶ崎さんが作った野菜は、甘みがあって美味しかった。

「そうだ。明里のことも、写真撮っていい？」

僕は車に置いてあるカメラを思い出した。

「えー、やだ」

「なんで」

「だってあのレタッチとかって作業、私の顔でやられるの想像したら、恥ずかしくて死にそう」

明里は心底不快そうな顔をこちらに向けた。なんだその理由は。

「大丈夫だよ。それならレタッチしない。しないって言うのも変だけど。恥ずかしくないよ」

「じゃあそれこそ、もうちょっとましな服着てる時にして。こんな格好じゃ、やだ」

わかった、と僕は納得する。太陽の下、明里を見ながら、彼女は逆光が似合うと思った。最初に会った時が、月明かりでそうだったから、その印象があるのかもしれない。

「さ、そろそろ続きしよっか」

明里は車の方に歩きだした。

「次は何？」

「稲架かけするための、木を組むんだよ」

明里から説明を受けながら、稲架かけと呼ばれる作業に取りかかった。

「手刈りした稲は、干して乾燥させる必要があるの。それを掛けるための木を、田んぼの上に組むから。まずは一緒に木を運ぼう」

運んできた長細い木材を、二本斜めにクロスするように地面に刺して柱を作る。柔らかい田んぼの土に、木鎚《きづち》を使って打ちこむのだ。その後柱を安定させるために、それぞれを縄で縛る。それを、等間隔にいくつも組み立てていく。その柱の上に、地面と水平の方向に横木を掛ける。それもちゃんと縄で縛って固定したら、完成。力を使う大変な作業で、二人は汗だくになっていた。

あとはひたすら、結束した稲の束を横木に掛けていく。集めて掛けるだけでも、結構時間がかかる。

全部の稲を干すと、ずらっと稲架かけされた稲が並んだ。

今日の朝見た、風に揺れる稲でいっぱいだった景色とは全く違う。頑張った分だけ形になったみたいで、胸いっぱいの充実感を覚えていた。

二日目は、昼から菜摘さんも来た。最初の頃に〝月〟の前で、一瞬だけ会ったことがある。会ったと言うか、見た。それ以来で、少しだけ緊張する。まともに会うのはこれが初めてだし、菜摘さんはこの辺ではちょっとした有名人だ。

金井さんによると、完璧主義で、理想を実現させる行動力のある人。聞いていた話ではちょっと怖いイメージがあったけれど、実際に会うと気さくに話してくれた。

「明里がお世話になってるね」

菜摘さんは、明里とお揃いの麦わら帽子をかぶっていた。

「こちらこそ、お世話になってます」

「金井くんのとこ住んでるんだよね？　辰野の暮らしは慣れた？」

「なんとか暮らせてます」

「ご飯ちゃんと食べてるの？」

「はい。いただいた食材とか、スーパーで買ったものを、二人で適当に料理して食べてます」

二週間に一度、僕らは諏訪にある激安スーパーに行って買いだめをしていた。もちろん食事代は割り勘だ。意外とそういうのも楽しかったりする。

昨日と同じく、稲の刈り取りから作業が始まる。

菜摘さんの手際の良さはさすがだった。昨日の倍くらいの早さで作業は進んでいく。たまに僕の手元を見て、コツを教えてくれる。

「匠海くん、稲刈り初めてなんだよね？」

「はい。昨日教えてもらったばかりです」

「いい感じだよ。器用だね」

不思議と、菜摘さんに褒められるとやる気が出る。単純だ。実は昨日一日の作業で、僕はすでに全身筋肉痛だったが、それでも体に鞭を打ってやる。

一面にあった稲穂がどんどんと刈り取られ、束にされて稲架かけされていく。昨日もそうだったが、こうして作業が形になっていくのは、疲れていても悪くない気分になる。

「お母さん、そっち持って」「明里、もう少し稲の間隔開けないと乾燥しないよ」

なんて、作業中の親子二人の会話が微笑ましい。似ているな、と思う。なんというか、体の動かし方が同じだ。

「はい、これが最後」

菜摘さんが、最後の稲の束を組み木にかける。稲架かけされた稲がずらりと並んでいるのを見ると、気持ちいい。

「匠海くん、本当に助かったよ」

首にかけたタオルで汗を拭きながら、菜摘さんは言った。

「いえ、僕も貴重な体験ができました」

本当にそう思った。なかなかやりたくてもできることじゃない。

「良かったら、今日ご馳走するからうちで晩御飯食べていかない?」

「えっ、いいんですか?」

「もちろん。お腹空いてる?」

「はい、空いてます」

「じゃあ是非」

お腹はペコペコだった。断る理由なんてない。ありがとうございます、と僕はお礼を言う。

「美味しい料理作るからね」

菜摘さんは麦わら帽子を後ろに外して、袖をまくりながら言った。この人の強さを、明里は受け継いだんだなと思った。

そして僕はその日、初めてゲストハウス〝月〟に入った。

玄関から入った正面に、天井近くまでの高さの大きな窓があった。〝月〟は二階がロフトのような形になっているため、窓は二階分の高さまであることになる。窓の向こうには、薄く色づいた山と、日が陰り始め葡萄色になった空が広がっていた。

窓の手前に置かれた木目の綺麗な大きなテーブルと、空間全体を包む白漆喰の壁が、凛とした空気を作っている。まるで、昔撮られた写真がカラーで現像されたような、温もりのある景色だった。

「ここ、すごく綺麗ですね」

「ありがとう」

歩くと、微かにひんやりとした木の感触が足の裏から伝わってくる。奥行きを感じる馥《ふく》郁《いく》たる木の香りがした。

「今から作るから、そこに座って待ってて。食べられないものとかある？」

「ないです。何でも食べれます」

僕はテーブルに備えつけられた椅子に座った。

部屋の左側には二階、三階へ続く階段がある。右側には部屋が一つ。その部屋の手前の隅には大きな薪ストーブが設置されていて、煙突が天井まで伸びている。この広さの家を暖めるのには、このくらいの大きさが必要なのだろう。

「私も何かしようか？」

「今日はいいよ。二人で喋ってて」

菜摘さんは階段にかけていたエプロンをつけて、キッチンに入っていった。明里はテーブルを挟んで僕の正面に座る。

「菜摘さん、パワフルだよね」

僕は二日間の重労働で体がクタクタだった。

「うん。野生動物みたいだよ」

「すごい表現」

僕は笑いそうになる。

「いや、本当にそうなの。夏の日が長い間はあまり寝ないし。逆に冬になってくると、十時間以上寝てたりする」

「確かに、それは野性だ」

「でしょ」

まだ来たばかりなのに、僕はもうこの場所に馴染んでいるような気持ちになった。落ちつく。でも、落ちついてていいのかわからない。

「誰かを家に呼んでご飯食べるってよくあるの？」

「たまに近所の方を呼んでやるかな。ゲストハウスだから、他の人が家にいるのは当たり前だよ。だから、匠海も気を遣わなくていい」

僕の気持ちを見透かしたように、明里は言った。

明里はキッチンに行って、二人分のお茶を淹れて持ってきてくれた。湯呑みに入った温かいお茶。ありがとう、と僕は言った。

「明里はここで育ったんだね」

「うん。最初はゲストハウスじゃなかったけどね。今は客室になってる、そこが私の部屋だった」

明里は右側の部屋に目線を送る。見ると、部屋の中には大きなベッドが二つ見える。

「ゲストハウスになってからは、そこの二階部分が私の部屋になった。お母さんは、その上の三階」

僕はロフト部分を見上げる。普段お客さんがいる場所だからか、ここは家としての生活感があまりない。だから、明里がここで育ったことが、うまく想像できない。しばらく昔の話をしていると、料理の美味しそうな匂いが漂ってきた。

「何作ってるのかな」

「私の予想では、栗ご飯かな」

「最高だ」

「そういう季節だからね。そろそろ、私も準備手伝ってくる。匠海はそこにいて」

明里は階段の手すりにかけられているエプロンを身につけ、キッチンへ入っていった。お箸や急須、そしてお皿を明里がテーブルに運んでくる。

「やっぱり栗ご飯だった」

明里は嬉しそうに言った。

次々に運ばれてきた料理は、とても彩り豊かだった。明里が一つ一つ、説明をしてくれる。栗ご飯。きのこの天ぷら。松茸。豆腐、その上にくるみ味噌。かぼちゃのいとこ煮という、かぼちゃと小豆の煮物。それから秋のサラダ。中にはかぼちゃとさつまいも、ルッコラやからし菜が入っている。

「お母さん、豆が好きなんだよね」

と明里は言う。

菜摘さんもエプロンを外してキッチンから出てくる。いただきますをして、みんなで一緒にご飯を食べる。その頃には、大きな窓の外はもう暗くなっていた。

一品ずつ、口に運んでいく。優しい味だ。大学生になってから食べた料理で、最も贅沢なものだと思った。こんなに美味しくて、優しい料理を食べたことがなかった。

「普段はその席に、お客さんが座るの」

菜摘さんが、サラダを食べながら言った。

「そうなんですね」

「お客さんだから、普段はこんな風に一緒には食べないけどね。そうだ、匠海くんは写真撮ってるんだよね？」

「撮ってます」

「私も昔やってたんだ」

「えっそうなんですか？」

「うん。今みたいに、デジタルなんて普及してなかった時代にね。大学がアート系だったから」

意外だった。勝手に、昔から農業に携わっていたことを想像していた。

「暗室で現像とかもしてたんですか？」

「もちろん。懐かしいなぁ。若い頃はカメラ持って、バックパッカーしてた」

「すごい。景色を撮ってたんですか？」

「そう。でもその頃は旅の方がメインだったかな。写真は思い出した時にって感じ。撮った写真は、学校で自分で現像した」

写真の話で盛り上がった。暗室でのこと、現像の話。実家が昔写真館だったという話に、菜摘さんは興味を持ってくれた。そこから自然と家族の話になり、僕が辰野に来た経緯も話した。東京にもいられず、実家にも帰れなくて、居場所がなくなったこと。

「そっか……。匠海くん、お母さんに会いに行ったらいいのに。嫌がるわけないじゃんね」

「なんか、自分の中で、負けたくないって思いがあって。それで上手くできないんですよね」

家族の話になると、説明するための適当な言葉を見つけることができず、僕は視線を泳がせる。

「子どもは、親の思った通りに育たないからなぁ」

「それどういう意味？」

横で聞いていた明里が、目を細めて言った。

「でもさ、本当は思った通りにいかないから人生は楽しいんだよね。渦中にいると分からなくて、振り返って初めて気づくんだけど。私だって、最初は今みたいな暮らし、想像したこともなかった。学校卒業して、写真がメインってわけじゃないけど、デザインの仕事に就いて。東京の綺麗なオフィスでしばらく働いて、結婚して、明里が生まれて」

「で、私のために仕事辞めてくれたんだよね」

「そうそう。あんたの体が大変だから、こっちに引っ越してきたの」

二人は笑った。いつもしている話の流れなのかもしれない。

「二人で辰野に来て、それから色んな人と出会った。そうだ、金井くんは元気？」

「めっちゃ助けられてます。金井さんがいなかったら、僕は今どうなってるかわからないです」

「彼もそんなことを言ってもらえるまでになったんだね。今、どこかに出かけてるんだっけ？」

「ちょっと京都に帰るって言ってました。何か頼まれごとがあるみたいで」

話しながら、僕はかぼちゃを口に入れる。初めて食べた味。なのに、すごく自然な美味さだった。かぼちゃと小豆の、甘さの相性がとてもいい。

「よくやれてるよね、金井くん。本当に変わってる。ま、変わってる人しか辰野なんかに移住してこないけど。あ、私も含めてか」

菜摘さんは唇の端に、微かな笑みを浮かべる。

「でも、僕みたいな人を受け入れてくれる、器の大きな人だと思いました」

「そうだね。自分もダメダメなくせに、そういうところが彼にはあるの。でも彼も、ここに来て随分大人になったと思う」

「お母さん、いつも金井くんに厳しいよね」

そうかな、と菜摘さんは笑う。

「金井くん、来た頃は理屈ばっかりで何もできないから、周りに助けられてばっかりで。だから匠海くんと出会って、今度は自分が力になりたいって思ったんじゃないかな」

「実際に、助けられてます」

金井さん。帰ってきたらお礼を言おう。

「いや、実は彼、広い家に一人で寂しくなっただけかもね。逆に匠海くんが来てくれて助かってるのは彼の方かも」

菜摘さんはそう言って、体を揺らして笑う。明里も、そうかもねと同意する。

「匠海くんお酒飲める？」

「あ、はい」

「今日は飲もう。稲刈りが無事終わって嬉しい。たくさん手伝ってもらって、本当に助かった」

「とんでもないです」

菜摘さんはキッチンから日本酒を持ってきた。お猪口《ちょこ》に注がれて飲む。ちょっと辛口の日本酒。菜摘さんはペースが早くて、どんどん飲む。僕は迷惑をかけてはいけないから、ほどほどに。

帰りはお酒を飲んでいない明里が、車で僕を送ってくれた。


僕が撮った写真は、商店街にある辰野写真で印刷をお願いしていた。場所は甘酒屋KIYOから道路を挟んで、すぐ近く。格安で、しかも請求は康太さんの経費にしてくれている。

辰野写真のおじさん、藤岡さんは、いつもベレー帽を被っていて、丸いお腹がチャームポイントだ。僕が持ってくる写真のデータを、毎回嬉しそうに受け取ってくれる。

「すごく良く撮れてるよね。仕上げも上手だ。やっぱ、ちゃんと学校で学ぶと違うんだなぁ」

「いえ、そんなことないです。でもありがとうございます」

藤岡さんから仕上がった写真を受け取る。この前撮った商店街の写真と、稲刈りの時に撮った稲架かけが並んだ写真。

「匠海くん、写真のコンテストとか出さないの？」

「はい？」

「コンテスト、出したことある？」

「以前はいくつか出してました」

「ダメだったの？」

「ですね」

「えー、そうかな。その頃より、もしかすると腕あげてるんじゃないの。俺も色々コンテスト知ってるからさ、一緒にいい写真を選んで出してみようよ」

「あ、はい。ありがとうございます」

コンテスト。そんなこと、もう長い間考えたこともなかった。悲しいことに、学校では褒められたことがあまりなかったから。素人には褒めてもらえても、見る人が見たら、僕の写真はまだまだということなのだと思う。

「俺は匠海くんの写真好きだよ。次持ってきてくれるのも楽しみにしてるよ」

そう藤岡さんに言われて、僕は少しだけ自信を持てた。

辰野写真を出たところで、目の前の道路にちょうど車が停まった。日産のパオ。アクアグレーのレトロなデザイン。窓が開いて、中から名前を呼ばれる。

「匠海、何してんの？」

きよちゃんだ。運転席からこちらを覗いている。

「写真のデータを渡して、できあがった方を受け取りに来たんです」

「おっ、見せてよ」

僕は封筒から写真を取り出して、車の中のきよちゃんに渡す。きよちゃんは写真を見て、「おー」とか「これ好き」とか感想をこぼす。

「そうだ、今時間ある？」

きよちゃんは、急に僕に視線を移して言った。

「ありますよ」

「カメラ持ってる？」

「持ってます」

「じゃ、ちょっと付き合って。今から大城山に行こう。乗って」

きよちゃんは助手席を指さす。

「え、店は大丈夫なんですか？」

「まだ開店まで時間あるから。ってか開店と同時に来る人なんていないから、少しくらい遅れても。ほら、早く」

意外と適当らしい。急かされて、僕は助手席に乗りこんだ。

商店街から車で十分ほど走れば、山道に入った。くねくねした道を車は登っていく。匠海に見てほしい景色があるんだ、と運転しながらきよちゃんは言った。

山道の途中で車を停めて、そこから歩いて坂を上る。地面は落ち葉が敷き詰められていて、足を踏み出すたびにミシミシ、と音が鳴る。人は誰もいなくて、二人が黙ると落ち葉の音がとても大きく聞こえた。坂を上りきると、途端に景色は開けた。

「ここが、私の好きな場所」

その場所からは、辰野の町が一望できた。秋らしいうろこ雲の下、ずっと遠くまで町が広がっている。左右の山々は、紅葉で鮮やかに色づいていた。

「めちゃくちゃ綺麗ですね」

「ここ、来るの初めてだよね？」

「はい」

「ほら、ここから見ると、辰野が山間にあるってことがよくわかるでしょ？」

きよちゃんは首を振って、左右の山を見つめながら言った。

その通りだった。今自分が立っている場所も含め、山々に囲まれるようにして町がある。地図では見たことがあったけれど、実際に目で見るとよく理解できる。

「大きな川が流れているでしょ？　あれが天竜川。ほたる童謡公園に行く時にも通ったはず。天竜川は、昔竜が通ってできたって言われてるの。だからあんなにうねうねしてる」

商店街のすぐ近くも流れている川だ。町を左右にうねりながら縦断している。

「本当に竜が通ったみたいですね」

でしょ、ときよちゃんは言う。

「ここからの景色が大好きなの。人が自然の中で生きてるってことがわかるから。私、ここで生まれ育って、昔は何もないのが嫌だった。でも今は、何もないこの田舎の町が好き。もし何もないのが嫌になったら、おばあちゃんに言われた通り、自分の力で変えることだってできる」

深呼吸するように、きよちゃんは大きく手を広げた。そして、力を抜いて肩を落とす。

「大学生になって名古屋で暮らし始めた時、もう辰野に戻らないだろうなって思った。田舎って遅れてて、ダサいなって。でも帰ってきてこっちの人と会うと、やっぱり安心するんだよね。カッコつけなくていいし、自分でいられるって言うか。私の居場所はここなんだなって思った。家族がいて、昔からの友達がいて、移住してきた面白い人がいて」

きよちゃんは嬉しそうな表情で町を見下ろす。

「明里もね、ここの景色が好きなの。私が連れてくるまで知らなかったみたいだけど」

「地元の人も、意外と知らない場所なんですか？」

「そんなことはないと思うけど。でもあの子、当時はここにあんまり友達いなかったから」

「そうなんですか？」

「うん。体も良くなかったし、意外と気が強いところあるし。結構負けず嫌いじゃんね」

そう。大人しそうな見た目と違って、意外と周りを振りまわす。

「でもね、全国から来るお客さんとはすぐ友達になったりしてるし。だからそういうのって、結局タイミングと環境なんだよね。それが合わないと、仲良くなれない」

穏やかな風が吹いた。落ち葉が割れた時の匂いがした。

「きよちゃんと、学生の頃よく遊んでもらってたって言ってました」

「そうだね。二人でドライブしたり、映画館に行ったり。私もそれで助けられてたんだ。名古屋から帰ってきても、ここに居場所がある気がして。匠海はこの前、初めて〝月〟に行ったんだよね？」

「はい、行きました。食事もさせてもらいました」

稲刈りが終わった後のことだ。きっと明里が話したのだろう。

「明里に気に入られてるね」

「でも、彼女はみんなに対してそうなんだと思います」

「そんなことない。明里はね、良いものと悪いものを見抜く力があるの。野生の動物みたいに」

「そうなんですか？」

「幼い頃から、体のセンサーが敏感だったからね。だから匠海は、少なくとも悪いことするような人じゃないってことなんだよ。まぁ、私から見ても、なんかぼーっとしてて悪いことなんて考えてなさそうだしね」

褒めているのか貶《けな》しているのか、はっきりしてほしいと思う。

そういえばこの町に初めて来た日、ゆいまーるの佳恵さんは、夜遅かったにも拘わらず快く僕のことを泊めてくれた。それは、明里からの連絡だったからかもしれない。

「信頼されてますね、明里」

「うん、明里みたいな子は他にいない。頭もいいし、人のこともよく見てる。いずれは菜摘さんみたいに、みんなから尊敬される大人になるんだろうな。私も甘酒頑張らないとって思う。あ、やばい、もう営業時間だ。早く戻らないとお客さん来るかも」

きよちゃんは腕時計を見て、急にそわそわし始める。適当なのか真面目なのかもはっきりしてほしい。

坂を早足に下りていくきよちゃんを見ながら、彼女も、こんなところが人に愛されるんだろうなと思った。


少し肌寒いな、と思ってから、本格的に寒くなるまでは早かった。秋は一瞬だ。川島は他の場所より標高が高くて気温が低い。外に出ると、ツンと鼻を刺す冷たい冬の香りがしていた。

前に手伝った稲刈りの稲は、脱穀、籾摺《もみす》り、精米の工程を経て、お米になった。そのお米の一部を、わざわざ菜摘さんが届けにきてくれた。一部と言っても、お米は結構な量だった。いただけないですよ、と言うと、稲刈りを手伝った人にお米は分けるものなの、と言った。そういう風習があるならと、僕は結局受け取った。おかげで金井さんと二人で、毎日美味しいお米を食べることができた。

変化は季節だけじゃなくて、僕の生活でも多少変わったことがあった。まず僕の写真が、辰野の広報誌に使ってもらえることになった。辰野の商店街の写真や、この前撮った稲穂の写真。「写真／大野匠海」と載っているだけで、プロみたいで嬉しかった。今度、東京から来た写真家としてインタビューするから、と康太さんが言ってくれた。その厚意が素直に嬉しかった。写真は撮れば撮るほど上手くなる、訳ではない。それでも一つ一つの被写体に、僕はさらに熱を持って取り組むようになった。

それからもう一つ、金井さんの服が以前よりも売れるようになった。京都に行った時に仕入れてきたという新しい古着の写真を撮ったら、それらは数日に一着は必ず売れていた。これは金井さんにとっても、そして僕にとっても良い兆しだった。

それから写真を撮る以外に、僕はなぜか〝月〟の仕事を手伝わされるようになっていた。お米を届けにきた時に、たまに手伝いに来てよ、と菜摘さんは言った。相槌のように、是非、と言ってしまったからか、明里から連絡が来て、本当に手伝うことになった。ちょうど野菜の収穫の時期で、人手が欲しかったらしい。お客さんも来るので、この時期は農業とゲストハウスを両立させるのは大変なようだった。

僕にとってもタイミングが良かった。毎週末していたかやぶきの館のバイトが、夏から秋にかけての繁忙期が終わったので、隔週で二日と月に一回の大掃除だけになっていた。お客さんが減るので、あまり人手がいらないそうだ。そこで頼まれた〝月〟での仕事。畑の作業が主で、野菜の収穫や草取りを手伝った。必要とされるのは嬉しい。菜摘さんにお礼を言われるのも、明里と会えるのも。

この前お米をもらったように、手伝った分、僕は菜摘さんのご飯を食べさせてもらったり、有機栽培でできた食材をもらったりもした。お金に換算しても、安いものではない。

明里に、〝月〟のホームページ用の写真を撮ってほしいと頼まれて、それも撮った。大きな窓やテーブルは、被写体として美しかった。畑の写真や周辺の景色なども、現代風に言うと、〝月〟には「映える」スポットがたくさんある。菜摘さんも写真をやってるのに僕が撮っていいのか、と明里に訊くと、お母さんは「映え」の感覚を知らないからいいの、と言った。

今日はその「映え」レタッチを、金井さんの家で明里と一緒にやっていた。テーブルにノートパソコンを置いて、その前に座って作業をする。明里は隣から、僕が作業する画面を覗いている。

何枚も作るのは意外と時間のかかる作業だが、明里は根気良く僕の作業を眺めていた。たまに色味のダメ出しをしてくるが、得意なことをしているところを傍で見てもらえるのは嬉しい。

しばらくするとさすがに明里は飽きて、部屋に置いてある、海賊の漫画を持ってきて読み始めた。その姿がなんだか新鮮に感じて、僕は思わず言った。

「漫画とか読むんだ？」

「うん、家にも何冊かある。これはないけど」

「漫画読んでると、普通に現代の子みたい」

「私をなんだと思ってるの？」

明里は僕を睨みつける。僕は笑う。二人でゆったり過ごす、穏やかな時間だった。が、そんな時間は、金井さんの言葉で急展開を迎えた。キッチンの方にいた金井さんは、僕らのいる居間に入ってくるなり言った。

「……そういえば言い忘れてたんやけどさ」

手に、ページの隙間に指を入れた本を持っている。急に思いついてここに来た、という様子だ。彼は最近はよく小説を読んでいるようだった。

「俺、冬はこの家におらへんねん」

「あれ、またどこかに出かけるんですか？」

「今年で三回目なんやけど、長野のスキー場の方に働きに行ってくる。前にも言ってた、季節労働ってやつ」

　確か去年も行ってたよね、と明里が言う。

「え、どのくらいの間ですか？」

「冬の雪がある間ずっと。十二月から、三月の終わりくらいまで」

「結構長いですね。その間……僕はここにいていいんですか？」

　急に、家の主がいなくなってしまうということだ。

「もちろんいてくれてもええで。ただ、冬場はマジでやばい」

「何がですか？」

「家の中で凍え死ぬかも。ある程度覚悟しててな」

「え、そんなにですか？　ストーブ置いてありましたよね」

「石油ストーブあるけど、この家雨漏りするの知ってるやろ？　天井だけやなくて、壁も隙間がある。密閉されてないから、めっちゃ寒なる」

　今でも既に寒い。家の中で僕はよく毛布を背中からかけている。金井さんもそう。

「いや、でも窓は補修というか、ちょっと工夫のしようがあるかもな。匠海もおるわけやし」

「僕にできるなら手伝いますよ。っていうか手伝わせてください」

　生きて越冬できるかどうかがかかっている。それに補修することで、住まわせてもらっている恩を少しでも返せるかもしれない。

「古い家やから、どこまでできるかわからんけどやってみよっか。これからのためにも。でもいずれにせよ、俺はこの家からしばらくの間おらんくなる。家賃は払っとくから大丈夫やで」

「すみません、申し訳ないです」

「俺の家なんやから当たり前や。車も使ってくれてええで。買い出し用にいるやろし」

ありがとうございます、と僕は言った。金井さんの優しさに感謝しながらも、そこはかとない心細さと不安が胸に広がっていた。一人になると思った途端、急にサバイバル感が出てくる気がする。食料を手に入れ、料理し、暖をとるために灯油も調達しなければならない。もちろん、お金だって必要だ。

「でも寂しくなりますね。ってか、僕にお金いらないとか言いながら、金井さんはしっかり稼ぎにいってるじゃないですか」

「最低限や。来年生きていく分やな」

「僕も、どこかでバイトとかしようと思います」

しかしこの辺りには、都会みたいに気軽に働ける場所はそうそうなかった。少し遠くまで出かけなくてはならない。

「あ、じゃあ匠海、冬の間は〝月〟で働いてみたら？　金井さんが帰ってくるまで」

話を聞いていた明里が、思いついたように言った。

「今も働いてるけど」

「ううん、違う。ウーフみたいに。住み込みじゃないからウーフとは違うけど、気持ち的にはね。お客さんを迎えたり、もっと農業のことも学んだり」

「ウーフ？」

それええな、と金井さんが言う。僕はどういう意味かわからない。

「農業体験のための、そういう仕組みがあるの。ウーフで働く人のことを、ウーファーって言うんだけど、ウーファーは〝月〟みたいに有機農業してるところに住み込みで働きにくる。労働時間は六時間って決まってて、お金のやり取りはないんだけど、ウーファーは受け入れ先で寝る場所と三食のご飯が保証されてる。基本的には有機農業の現場を経験したい、って人が来るの」

「へぇー。そんな仕組みがあるんだ」

仕組みも言葉も、どちらも初めて聞いた。

「有機農業に触れる機会を増やすための、世界的な取り組みだよ。うちも結構外国から来る。アジアの人が多いかな」

「今も募集してるの？」

「してない。でも別に匠海はウーファーじゃないし、普通にお手伝いする人として、それに近い形で働くことができるんじゃないかな。家《うち》ならちゃんと三食出すし。多くないけど、お給料も。かやぶきの館だって、今そんなに忙しくないんだよね？」

「うん、忙しくない。でも本当にいいの？　菜摘さん嫌がらないかな？」

「お母さんも匠海なら喜ぶと思う。今から訊きにいってみる」

明里は手に持っていた漫画を置いて、すぐに立ち上がって出ていった。そんなに急がなくても、と思うような早さで。

「……本当にいいのかな？」

残された僕は、呟くように言った。

「まぁ、知らんウーファーが来ること思うと、知ってる匠海に手伝ってもらった方が菜摘さんも助かるんやない？　住み込みやないからその辺の手間もかからんし。ええなぁ、菜摘さんのとこで三食食べれるなんて。ってか、あそこで働いたら匠海も人生観変わるんちゃうかな。菜摘さんはほんまにすごいから。良かった、これで俺も安心してスキー場に行けるわ」

金井さんはドカッとソファに座って、小説の続きを読み始めた。何も気にしてないような、そんな表情。

偶然？　いや、頭のいい金井さんのことだ。もしかすると、明里がいるこのタイミングでわざと言ったのかもしれない。

明里からすぐに連絡がきた。菜摘さんは快諾してくれたらしかった。むしろ私が助かる、とも言ってくれたらしい。

急展開で、戸惑う暇もなかった。僕は冬の間、〝月〟で本格的に働くことが決まった。

第三章　冬の光

金井さんがスキー場へ行く日の朝、僕は車で金井さんを駅まで送っていった。それほど大きくないリュックだけ背負って、彼は軽い足取りで出かけていく。生きていくのに必要な荷物など限られているのだと、その後ろ姿を見て思う。

僕はその後、車を運転して〝月〟にやってきた。

玄関に入ったところで、明里と菜摘さんは迎えてくれた。

「いらっしゃい。これからよろしくね」

「お世話になります。ありがとうございます」

「こちらこそ、働いてもらえて助かる。明里も良かったね。今年の豆選《よ》りは少し楽になりそう」

隣にいる明里が嬉しそうに頷く。豆選り。何だろう、と思う。

居間に入ると、以前来た時よりも冷たく、透き通った空気を感じた。二階分の高さのある大きな窓から、たっぷり光が差しこんでいて、まるで家にも迎えてもらえているみたいだった。

「一応この家のことを説明しとくね。客室は前に来た時に見たよね？　ベッドが二つと、あと簡易ベッドがあって、子どもが小さければ四人で泊まる方もいる」

居間から繋がった客室。中に入るのは初めてだった。

「それから、二階が明里の部屋になってる。一応案内しとくね」

菜摘さんと一緒に、居間の左手にある階段を上る。階段を上って右側に背の高い本棚、その隣にベッドがある。左側には木でできたシンプルな机と椅子があって、どんな作業でも集中できそうな佇まいだった。本棚には本がたくさん入っていて、明里が熱心な読書家であることを窺わせた。

二階部分はロフトのようになっているので、上から一階のテーブルが見下ろせた。柵の手前に立つと、窓の向こうにある畑まで見える。景色がいい。

「三階は私の部屋。あそうだ、ちょっと下で待ってて」

菜摘さんは階段を上っていく。僕は言われた通り一階に戻る。菜摘さんは何かを持って降りてきた。

「これわかる？　昔私が使ってたカメラなんだ」

「え、ニコンFじゃないですか」

菜摘さんが持ってきたカメラは、フィルムの一眼レフカメラの名機、ニコンFだった。

一目でわかる、カメラ自体が美しいデザイン。世界に一眼レフを普及させたと言っても過言ではないカメラだ。

「さすが知ってるね。昔中古で買ったの。古いけどいいカメラなんだ。匠海くん、しばらく使っていいよ」

「ほんとですか？」

「ただし、二十四枚しか撮れないから大事にね。撮り直せないアナログの感覚、勉強だと思って感じて」

「ありがとうございます」

菜摘さんは僕にカメラを渡した。手に持つと、小さいのに重厚感があって、ずっしりした感触だった。それだけでワクワクする。大切に使わなくちゃいけない。

「じゃあ明里、あとは色々教えてあげて」

客室にいた明里が、はーい、と返事をする。

「じゃあ匠海、こっちに来て。今日は夕方くらいにお客さんが来るから、それまでに部屋を綺麗にしておこう。ベッドメイクはもうしたけど、一応その流れを教えとくね」

明里から順番に仕事を教わる。洗濯や掃除、ベッドメイク。お客さんは大抵夕方くらいにチェックインするので、それまでに済ませておく必要がある。

それから二人で外に出て、草取りなど畑の作業を始める。草取りはこの前から手伝っていたので、もう勝手を知っていた。柄の短い草刈り鎌を使って、根っこを引っ掻いて進んでいく。取った草は、これまでは畑の端に置いていたが、今日は明里は苗の周りに敷いていた。

「取った草が、また栄養になるってこと？」

「そうだね。あとこうして草を敷くと、根元に近い葉が雨の跳ね返りで傷むのを防げるから」

「そんな効果があるんだ」

一つ一つのことに、僕の知らない意味があるようだった。

「あそうだ、キッチンには入らないでね。お母さん厳しいから」

「うん。前も言ってたね」

「あと、ここにいる間はスマホの電源、必ず切っててね。特に夜は」

「いいけど。どうして？」

「電磁波過敏症のお客さんも多いから。ってか、私とお母さんもそう。あまり長時間そういうのが近くにあると、頭痛くなったりするんだよね」

「そうなんだ。わかった」

と言いつつ、あとで一人になった時に電磁波過敏症、と調べた。スマホで。電磁波過敏症は、身の回りにある微弱な電磁波で、体調が悪くなる症状のこと、だそうだ。

明里が、スマホを使ってなかったことを思い出す。それから、さっき見た二階の部屋にパソコンなどがなかったことも。使ってないんじゃなくて、彼女は使えないのかもしれない。

明るく笑う、明里の顔を思い浮かべた。ここで働くには、僕はまだ知らないことが多すぎると思った。


夕方になり、僕が〝月〟で最初に迎えたお客さんは、五十代の夫婦だった。自然を近くに感じながら、美味しい野菜を食べるのが目的だったらしい。以前に雑誌に載っていたのを覚えていて、来たそうだ。

二人は大きな窓から見える、自然の景色に感動していた。僕も最初に来た時はそこに目を奪われた。窓枠の中の景色は、まるでそれ自体が生きたキャンバスのように、様々な色彩を描き出す。

食事の配膳も、明里に教えてもらいながら一緒にした。居酒屋で働いていたので、料理を運ぶのは慣れている。

「三人は家族でやってるんですか？」

と旦那さんが僕に尋ねた。横にいた明里が、ちなみに私は姉ですか、妹ですか、と笑いながら訊く。

「ああ、違うんだ。雰囲気が似てたので、失礼しました」

「今キッチンにいる母と私は親子なんですけど、彼はウーフみたいにここに来ていて」

と、明里が説明する。

「ウーフって何ですか？」

「僕も知らなかったんですけど……」と言って僕はウーフの説明をした。ウーフは本来登録しないといけないし、僕はここに寝泊まりしていないので、全然ウーフじゃないけれど。

僕が説明すると、ファームステイみたいなものか、と旦那さんは頷く。彼は僕に興味津々のようで、僕がどうしてここに来たのかなども質問された。趣味で小説を書いているらしく、僕の人生がネタになるかも、と言っていた。僕はかい摘んで、短く経緯を説明した。

お客さんの食事が済んだ後、僕は風呂の沸かし方を教わった。これが、この日一番苦労したことと言っても過言ではなかった。

「薪ボイラー、使ったことないよね？」

と明里に訊かれて、ない以前に、まず薪ボイラーがどんなものなのかもピンとこなかった。

明里は家の裏にある、薪釜の場所まで僕を連れてきた。〝月〟は川島の一番奥にあって、驚くべきことにガスが通っていないのだ。

明里は僕に説明しながら、釜の中に薪と小枝、杉の葉を入れて、新聞紙を火種にしてマッチで火を点ける。一回消してから、やってみて、とマッチを渡される。やってみるが、これが簡単そうに見えて意外と難しい。新聞紙はよく燃える。杉の葉も簡単に燃え移ってくれる。小枝もなんとか。でもそこから、なかなか太い薪まで火が燃え移らない。

「寒いから早くしてよ」

と明里が急かす。わかる。僕も早くしたい。燃え移らないから、マッチを何本も無駄にしてしまう。早くしないと、指先と足先が凍ってしまう。で、焦るとやっぱり火が点かない。

「違うの、こうやるの」

しまいに明里が僕からマッチを奪い取って、火を点け始める。さすがにすぐに火が燃え移る。しっかり火が燃え広がるまで、二人で並んで火を見張っていた。火を見ていると、体の前側だけは温かくて、背中はしっかり冷えきっているという独特の状態になる。明里はバランスをとるため、と言ってたまに背中を火に向けて温めていた。

なんとか準備ができて、やっと風呂のお湯を溜めることに成功した。温かいお湯を作ることが、こんなに大変だとは思わなかった。

お客さんが風呂に入ったりしている間に、僕らは裏で食事をとる。お客さんに出す食事を多めに作っていて、それを食べる。つまり、菜摘さんの栄養満点の美味しい料理を食べることができる。

食事を終えたところで「ついでだからお風呂も入っていったら」と菜摘さんは言った。「それはさすがに」と断ったが「エネルギーの節約にもなるから」などと言われて、結局お風呂もいただいた。檜《ひのき》の桶に注がれた、自分で沸かしたお湯に浸かるのは贅沢だった。結局火を点けたのは明里だけど。

温まってから、僕は車で金井さんの家に戻る。

「また明日の朝ね」

玄関まで見送ってくれた明里は、そう言って手を振った。

明日の朝、お客さんの朝食の時間に、僕はまた戻ってくる。

教わることばかりで、頭がパンクしそうだった。〝月〟での一日目は、枝からとれた葉が地面に落ちるくらいに一瞬で過ぎていった。


お客さんのいない日は、時間に余裕が生まれる。一応ウーフというのは、一日六時間と労働時間が決められているらしい。厳密に言えば僕はウーフではないけれど、菜摘さんは農作業の合間、度々僕に「しばらくゆっくりしてていいよ」と休む時間をくれる。

あいてる時間、僕は居間のテーブルで明里に勧められた本を読んでいた。居間の棚と、明里の部屋の本棚にはたくさんの本が置いてある。農業、野菜、植物に関する本がほとんどだ。勧められたのは、レイチェル・カーソンの『沈黙の春』だった。人間が自然にしてきた傲慢《ごうまん》な行為、効率良く作物を作るために散布した農薬の数々、不自然な遺伝子の組み換え。そうした目を背けたくなるような人の歴史が書かれていた。

少し前の自分なら、どうせ自分には関係ない、と思っていたかもしれない。だけどここにいるとそういうわけにいかない。僕も有機農業に携わる人間の一人だ、という意識になる。

「明里、ちょっとスーパーに買い物行ってきてほしいんだけど」

「えー、私？」

キッチンからそんな会話が聞こえた。

線路沿いを北へ上がっていくと、小野という駅がある。そこには有機で育てられた食品も置いている大きなスーパーがある。いつもは菜摘さんがそこに行って、必要なものを買っているイメージだった。

「僕行きましょうか？」

思わず会話に入る。

「ああ、大丈夫。匠海くんは私と畑仕事しよう。色々教えることあるし。明里、これ買ってきて」

菜摘さんは明里にメモを渡す。

明里が出ていくのを見送ってから思った。菜摘さんと二人になるという状況は、意外にも初めてだった。

「いい本読んでるね」

僕が持っていた『沈黙の春』を見て菜摘さんが言った。

「明里に勧めてもらったんです」

「そうなんだ。有機やる上での、必読書かもね。匠海くん、今からちょっと手伝える？」

一緒に草取りしよう、と菜摘さんが言って、二人で畑に出た。

草取りは毎日のようにやっている。そのくらいマメにやる必要があった。

有機農業のやっかいな相手は二つ。生えてくる草と、害虫。農薬を使わない〝月〟も、もちろんその例に漏れない。寒くなって虫はほとんどいなくなったが、草は年中生えてくる。だから草取りは毎日しなくてはならない。

そんな手間を請け負ってでも、菜摘さんは農薬を使わない。

「畑のこと、色々覚えた？」

「はい、覚えてきました」

どこに何が植えられてあるか。そしてそれぞれの特徴。普段から食べていた野菜たちが、畑でこんな姿をしているなんて知らなかった。例えば、白菜はスーパーで見た姿とは全然違う。畑ではみかんの皮を広げたみたいに広がっていて、寒くなると閉じる。

自分はこれまで食べてきた物のことを、何も知らなかったんだなと思う。

「ウーフってわけじゃないのに、色々勉強させてごめんね」

「いえ、楽しんでやってます。植物、意外と好きなのかもしれません」

棚に置かれていた本には、写真付きで野菜の育て方が書かれてある。きっと本だけ読んでいても興味を持てなかったことも、目の前に畑があると、実物と対応させることができるので面白い。風景の写真を撮っていると、名前の知らない植物とたくさん出会うので、前から興味のあるところではあった。

「匠海くんは、食べられないものとかなかったよね」

「はい、ないです」

「明里の昔の話って聞いたんだっけ？」

「アレルギーのことですか？」

「そう」

「聞いてます。本人と、きよちゃんからも。菜摘さん、すごく大変だったんですよね」

「大変って言っても、私が頑張ったのは明里が本当に小さかった頃だけ」

「でも、土地勘のない場所に引っ越して、農業まで始めるのは簡単なことじゃなかったと思います」

菜摘さんは、僕の言葉に首を横に振った。

「私も最初は勇気がなかった。巡り合わせが良かったのよ。昔バックパッカーしてた頃に知り合った人が、川島を紹介してくれた。その頃は藁《わら》にもすがる思いで、色んな人に相談してたから。転地療法っていうんだよね。こっちならきっと良くなるって言われて。でもさ、こんなに環境に敏感な子を、違う土地に連れていくなんて無理に決まってるって思った。環境が変わって、死んじゃないかって。でももう、それしか方法がなかったから、最後に頑張って連れていこうって思った」

最後に、という言葉に菜摘さんの覚悟が感じられた。

「だけど、ここに来て驚いた。東京じゃ水を浴びるだけでもダメだった明里が、気持ち良さそうに水に浮かんでて。奇跡を見てるみたいだった」

「……そんなに違ったんですね」

「それから、川島で住める場所を探した。ここは条件が完璧だった。目の前に自分で畑を作れるだけの土地がある。自然の湧き水を直結で使えて、奥は行き止まりだからこれ以上開発されることがない。でもライフラインが通っていて、冬は除雪車が来てくれる」

畑の上。振り返って、〝月〟を見つめながら菜摘さんは続けた。

「で、その後この家を建てるのが大変だった。壁の漆喰とか、全部私が塗ったんだから」

「え、菜摘さんがやったんですか？」

「そう。業者に頼むと、何百万って言われたから。近所の建築が得意な方にも、たくさん手伝ってもらったよ。田舎は、一人じゃ生きていけないから」

一人じゃ生きていけない。一人で生きていけるようになりたい僕が、絶対に言いたくない言葉。それを、菜摘さんほどの人がさらりと言ってのけた。

「ま、そんな風に私が大変だったのはそこまで。そこからは明里が大変だった」

「こっちに来てから、良くなったんじゃないんですか？」

「うん、体はね。水や食べ物、環境が変わってずっと良くなった。だけど、大変だったのはそこじゃなくて、ここからは田舎の洗礼の話。明里は辰野の小学校に入って、集団生活が始まった。当時は今ほど移住者もいなかったし、アレルギーへの理解もなかった。明里は長く紫外線を浴びられないから、みんなと同じように外で遊べない。体育の時間は見学してばかり。アレルギーがあるから、みんなと同じ給食も食べられない。学校に明里用の給食を用意してもらって、違う色のお皿で食べて。そんな些細な違いが、当時の小さな田舎の町では受け入れられなかった」

「それって……」

「自分たちと違うものは、排除したくなるものなの。子ども同士でも、どうしてあの子だけ特別扱いなの、ってなる。子どもだけならまだいいんだけど、大人もそう。教師でさえ、アレルギーへの誤った認識を持っている時代だったから、好き嫌いがあるからいつまでも体が弱いんだ、って言う馬鹿な人もいた。加熱すればアレルゲンがなくなると思ってる教師までいたんだから呆れるよね。理解を得られるのが、本当に大変だった」

菜摘さんはため息をつく。話しても、古い考えを変えられない人はいる。そういう人にとっては、どちらが正しいとかは関係ない。

「そんなんだから、学校、行かなくていいよって私は言った。でも、明里は学校に行った。負けず嫌いなところも私の遺伝だったのかな」

「そうかもしれないですね」

僕も菜摘さんも、少しだけ笑った。

「アレルギーだって、ある程度は私の遺伝なんだ。私も、軽度の化学物質過敏症だから。でも……それ以上に、私たち両親が仲良くなかったこととか、生まれてからの環境が明里の体をあんな風にしたのかなって思う。アレルギーっていうのは、免疫の過剰反応でしょ？　自分を守ろうとして、逆に体にマイナスの効果をもたらしてしまうこと。つまり何かが明里に、自分で自分を守らなきゃいけないと思わせてしまったのよ。だから、安心させてやれなかった私のせい。私はプラスじゃなくて、マイナスの穴埋めをしてるだけ」

色のない冬の空を見上げて、菜摘さんは言った。そんな風に思っていたなんて、普段の様子からは想像もつかなかった。

「でも、一つだけ良かったなって思うのは、あの子意外と人と話すの好きでしょ？」

「そうだと思います」

「人は人と関わらなきゃ、生きていけない。助け合って、新しい人と出会って。だからそれが必然と起こる、ゲストハウスを作って良かった」

菜摘さんにとって、この〝月〟を続けていくことが、明里への罪滅ぼしなのかもしれない。


僕は〝月〟と金井さんの家を何度も往復していた。毎晩食事をとらせてもらってから、広い家に帰る。金井さんの家での一人暮らしも随分慣れた。

留守を任されている間も、たまにネットで古着の注文が入った。僕は金井さんの代わりに服を発送する作業をした。報告も兼ねて金井さんと連絡を取り合っていたが、スキー場の仕事も忙しいようで、あまりテンポ良く返事はこなかった。

　冬の夜は静かだった。すぐそこが県道になっているが、車は多く通らない。薄いガラス戸の側に立っても、外の音はほとんどしない。ただ、冷気は容赦なく入ってくる。

　金井さんがスキー場に行く前に、家を部分的に二人で補修した。やはり窓が重要だろうということで、買ってきた隙間テープを貼り、少しでも密閉できるようにした。窓は何箇所か歪んでいるところがあり、鍵が閉まらなくなっていたので、レールを掃除し、サッシの下にある調整ネジで調整した。僕はこんなところにネジがあることさえ知らなかった。

　壁や天井の補修となると費用もかかってくるため、とりあえずできることとしてはそのくらいだった。あとは、僕の寝室となっている和室が一番広くないため、そこで灯油ストーブを使い、部屋にこもる作戦にした。部屋の真ん中に置いた対流式の灯油ストーブは、部屋全体を暖めてくれる。暖かいのはその部屋の中だけなので、和室を出るということは外に出ることと同じ、という感覚で暮らしていた。キッチンに行くのにも、ダウンを着る。

　夜は灯油ストーブの、柿色の灯りの中で布団についた。

　金井さんがいる時も、寝る時はそれぞれなので特に変化はない。だけど、家の中に一人でいることと、そうでないことは違う。

　僕は時々布団の中で、東京での一人暮らしを思い出していた。あの街のことを思い出すと、なぜか休みなく動き続ける、大きな工場のようなイメージが浮かび上がった。夜はまばゆい光を放ち、黒い煙をもくもくとあげている工場だった。

そんなことを考えていたからか、一度、おかしな夢を見たことがあった。

僕は知らない展望台のような場所にいた。大きなガラスの手前にたくさんの人が並んでいて、僕はその背中越しに、外の夜景を眺めようとしていた。ガラスの向こうには、光り輝く工場が広がっている。

どうやら僕には、その展望台から早く出なければいけない事情があるらしかった。だけど出口がわからず、ずっと右往左往していた。そこにいる人に尋ねようと声をかけるのだが、みな夜景に目を奪われ、僕が話しかけても気づいてくれない。大きな声で呼びかけようとすると、喉が締め付けられたように苦しくなり、声が出せなくなる。自分という存在が世界からいなくなったような、強い不安に襲われた。

そこで、自分のうめき声で目が覚めた。外はまだ真っ暗の時間で、ストーブの灯りだけが部屋を照らしていた。喉が乾燥して、カラカラになっていた。


十二月中旬。

沖裏《おきうら》さんという女性のお客さんがやってきた。六日間の連泊の予約。毎年、長期滞在していく方らしい。

バスや電車で〝月〟を訪れるお客さんは、車で駅まで迎えに行く。僕が行くこともあるが、今回は菜摘さんが最寄りのバス停まで迎えに行った。

「明里ちゃん、久しぶり」

沖裏さんが、玄関で迎えた明里に言う。

「お久しぶりです」

「お、噂のウーファーね」

それから僕に視線を移して言った。菜摘さんが既に僕のことを話していたみたいだった。

沖裏さんは、菜摘さんと同じくらいの年齢。体型は菜摘さんより少し丸みがある。

「大野匠海です。よろしくお願いします」

「匠海くん、東京から来たって?」

「そうです」

「学生だっけ?」

「大学生です」

僕が沖裏さんの荷物を持つと、ありがとねぇ、とお礼を言われる。慣れた様子で、居間の椅子に座った。

「匠海くんはどれくらいここにいるの?」

「辰野には夏からいますが、〝月〟にはまだ一ヶ月くらいですね」

まだ、なのか、もう、なのかどっちだろうと思う。

「そっか。菜摘は厳しい？」

「いえ、優しいです」

「沖ちゃん、変なこと訊かないで」

洗面所から顔出して、菜摘さんは笑いながら言う。

「晩御飯、何時に食べる？」

「んー、十九時くらいにしようかな。少しデッキにいていい？」

「うん、もちろん」

まだ日が出ているとはいえ、外は結構寒い。日が沈んだら0度にだってなる。それでもコートを着たまま、沖裏さんはしばらく外にいた。

僕は沖裏さんの荷物を客室に入れてから、畑の手入れをしていた。暗くなるのが早いので、そんなに長い時間はしない。ルッコラをお願い、と菜摘さんから言われていたので、戻る時にそれも採ってくる。お客さんがいて時間があいている時は、明里の部屋の机の前で、本を読んでいた。

晩御飯の時間になると、僕は配膳の準備などを手伝い始める。沖裏さんは居間の椅子に座って、食事が準備される様子を眺めていた。

「ご飯が楽しみなのよね。こんなに安心して食べられるところ、なかなかないから」

沖裏さんは言った。キッチンから料理の匂いが漂っていた。

「沖裏さん、毎年いらっしゃってると聞きました」

「そう。ここは私にとっての避難所みたいなもの。アレルギーがあるってだけで、色々大変なんだから。匠海くんはアレルギーとかないの？」

「幸運なことに、なかったです」

「それは本当に幸運だね」

〝月〟は、除去食を必要とする方がお客さんに多い。夫婦で来るお客さんの場合も、どちらかがそうだということがほとんどだ。化学物質に悩まされている方のために、洗剤や置いてあるシャンプーも無添加のものしか使わない。石鹸やシャンプーは、持ちこまないようにお客さんにお願いしている。ここまで徹底している場所は、他にあまりないだろう。

「わ！　さすが菜摘。私の好物をわかって用意してくれてる」

運ばれてきた料理の前で、沖裏さんは嬉しそうに手を合わせた。明里がいつものようにメニューの説明をする。サラダはルッコラと豆のサラダ。さっき僕が畑から採ってきたばかりの新鮮なもの。それからグラタンとかぼちゃのコロッケ。グラタンは乳製品を使っていないものだ。豆乳とカリフラワー、里芋、飴色にした玉ねぎ、酒粕、味噌で作ったホワイトソースを使っている。具材に野菜やきのこ。塩胡椒を上にふり、ニンニクも少し。

かぼちゃのコロッケは、雪化粧という種類のかぼちゃで作っている。秋に収穫した雪化粧は、冬まで追熟させるとより甘くなる。僕もこの前食べさせてもらったけれど、信じられないくらいに甘みがあった。

料理が終わると、菜摘さんと明里もキッチンから出てきて一緒に話をする。

「沖裏さんはね、東京でカレー屋さんしてるんだよ」

「そうなんですか？」

明里が僕に言うと、沖裏さんは自慢げな顔をした。

「週末だけね、ワゴンでお店始めたの。それも〝月〟の影響なんだ。初めてここに来た時に、こういう場所っていいなって思って。でも東京じゃ環境が整わないでしょ？　だからせめて食べ物だけでもってことで、私みたいな人でも食べられるカレー屋さん。野菜たっぷりの自然カレー。安心して食べられるものを提供したかったんだ」

「沖ちゃんのカレー美味しいんだよ。私も教えてもらってる」

「いや、私がいつも菜摘に勉強させてもらってるよ」

二人はそれから料理の話をする。食材や調理法。レベルの高い会話に、僕は頷くことしかできない。

「今の社会はね、食べ物の教育がなってないんだよ」

沖裏さんは現代社会の、食べ物への感謝のなさを嘆く。人は毎日、食べ物を食べて生きている。食べ物に育てられている。それなのに、現代はいかに安く食べ物を作るかということばかりに注力してて、品質の酷いものが多い。

「都会の激安スーパーとか、本当にどうかしてるんだよ。卵が、一個十円で売ってたりして。みんな、養鶏場の実態を知らないんだよね。一度あれを見たら、もうダメ。狭いケージで不自然な栄養をたくさん与えて、無理やり卵産ませて」

「買い物は投票だからね。買う人がいるから、なくならない」

菜摘さんも同意する。料理の素材がどうやって作られているか、裏側まで僕は知らない。知らないから、実感が湧かない。僕が東京でバイトしていた、あの弁当屋はどうだったのだろうか。

ここで話を聞くと、気をつけなきゃ、と思う。でも東京にいる時の自分ならどうだろうか。お金のない僕は、食べられるなら安い方に手を伸ばしているかもしれない。


沖裏さんは〝月〟での滞在中、どこかに遠出することもなく、毎日ゆっくり過ごしていた。一日中部屋か居間で小説を読んだり、辺りを散歩したり。彼女にとって、この場所でゆっくり過ごすこと自体が目的なのだ。

明里ともたくさん話していた。同じ症状に悩む者同士が会って、話をするだけでも救われることはある。食べ物や環境だけではなく、ここにある会話だって〝月〟にしかないものだ。僕は沖裏さんと話す明里を見て、彼女は彼女にしかできない形で、たくさんの人を助けてきたんだと思った。

一度沖裏さんと一緒に蛇石《じゃいし》の方まで車で行った。蛇石は夏にヒメボタルを見に行った場所より手前にあり、〝月〟からも程近い場所だ。キャンプ場になっていて、休みの日は他県から訪れる人もいる。自然が豊かで、ちゃんと着込んで行けば今の季節でも歩くと気持ちいい。川底に蛇のような石脈が見える場所があって、それが天然記念物にもなっている。

という話を、僕は歩きながら沖裏さんにした。気がつけば僕はこの町で、迎えられる側から迎える側になっていた。

一週間の滞在の後、「また来るね」と言って沖裏さんは東京に戻っていった。


沖裏さんが帰った後は、もう年内のお客さんの予約はなかった。寒くなると、極端に客の数は減る。

畑仕事も減るのだが、冬は冬でしなければいけないことはあった。

寒くなると、畑に霜がおりる。そのまま放置しておくと、野菜が凍って壊死してしまうのだ。なので畑に霜よけのために藁を敷いてあげたり、苗にスッポリ植木鉢をかぶせてあげたりした。

今夜は雪が降る予報が出たので、その対策をする。

「雪が降ると、重みで野菜が潰れちゃうから」

明里に説明してもらいながら、寒空の下作業に取り掛かる。

アーチ状の支柱を立てて、網をかけてトンネルを作った。網は風で飛ばされないように、地面との接地点にしっかり土をかけて、風で飛ばされないように上から踏んで固める。これで雪が降っても、野菜が潰されることはない。

着込んでいるので体は温かいが、風が吹くと、顔が痛いくらいに冷たい。

「う〜、しみる」

明里が軍手をしている手をこすりながら言った。

「しみる？」

「え、言わない？」

「いつ言うの？」

「寒い時。これ方言？」

「うん。多分」

ふーん、と言う明里は、少しだけ恥ずかしそうにも見えた。


その日は午前から畑の作業を始め、昼に食事をとり、また少しだけ作業をして仕事は終わった。まだ夕方前なので家に帰っても良かったのだが、晩ご飯食べていきなよ、と菜摘さんが言ってくれたので、それまで〝月〟にいることにした。

時間ができたので、僕は居間のテーブルに座って、カメラの写真のデータを見返していた。もちろん僕だって、毎日掃除や農作業だけに明け暮れていたわけではない。時間を見つけて、ちゃんと写真も撮っていたし、辰野写真の藤岡さんに自信のある写真を見せに行っていた。秋から冬にかけて撮ってきた写真を眺める。きよちゃんと行った時に撮った大城山からの写真は、秋の彩りが木々に見られ美しい。でも冬になって葉が落ちると、自然の景色は一転して色彩のない物哀しい空気が漂う。写真として、物足りないものになりやすい。そこを、うまく撮るのが難しい。

みんなはこの時期、どんな写真を撮っているのだろう。

ふと、インスタグラムのことを思い出した。僕は辰野に来てから、一度も自分のアカウントを見ていなかった。この場所にそぐわないような気がして、開く気がしなかった。いや、きっと理由はそれだけじゃない。それを開くと、どうしても向き合わなければならないことがある気がして、怖かったのだ。

僕はスマホの電源を入れ、画面をスワイプする。画面の隅にある、インスタグラムのアイコンを見つける。別に見ちゃいけない、というルールを決めたわけでもない。そう自分に言い聞かせながら、久しぶりにアイコンをタッチする。

画面に、最近投稿された様々な写真が映し出される。大学時代の友だちの姿。彼らが撮った景色。好きな写真家の投稿。

僕がフォローしている人たちは、大学の仲間を含めみんなレベルが高い。どれも美しい写真ばかりだ。

その中で一つ、朝焼けの写真が目に止まった。見慣れた質感。アカウント名を見ると、斉木があげた写真だった。

辰野に来てからも、斉木から度々連絡は来ていた。「どこいるの?」とか「集会、参加した方が得だよ」とか。僕も一応スターライフの会員として登録されているから、そうした集まりの連絡も来ていた。一度、長いメッセージをくれたこともある。

［スターライフだって、若くて影響力のある人材が必要なんだ。それこそインスタとかでアピールできるような。だから、上手く俺たちのことを育ててくれるはず。匠海もそこに乗っかるべきだ」と、そんなことが書いてあった。

こっちで暮らしていると、東京で起こっていることは大体現実味がない。遠い都会の出来事。自分と関係ない話。だから、僕は返事をする気にもなれなかった。

そう。ここにある投稿も全部、もう自分とは関係のないものなのだ。僕は画面をスワイプしてアプリを落とし、テーブルの上にスマホを置いた。

少しの間、椅子に座ったまま目を閉じる。

関係ない。でも、気になる。

写真に罪はない。さっきの斉木のあげていた写真は美しかった。

しばらくして、やっぱり僕はまたスマホを手に取った。斉木が投稿した写真を、遡って見ていく。キャプションまで、読んでしまう。

そこには、彼の華やかな暮らしがいくつも投稿されていた。

写真で、コミュニティ内の賞をとったらしい。美しい富士山を撮った写真だった。写真家として、色んな仕事を始めているみたいだ。彼の撮った写真だけでなく、何かのパーティーで仲間に囲まれ、笑顔の彼が写った写真が上がっていた。来年には、東京で初の個展を開催するらしい。初めてなのに、色んな人の協力で規模の大きな写真展になるのだとか。

楽しそうだった。楽しそうで、いいことなのに、何かが引っかかっていた。

なぜだろう。この感情はなんなのだろう。

僕は多分、悔しいのだ。

彼に比べて、今の自分が何もしていないみたいだから。

東京にいる自分から、僕は何か変わったのだろうか。僕はやっぱり、ただ逃げているだけなのかもしれない。

――本当に写真で有名になりたいんだったら、そんな回りくどいことしなくていい時間を越えて、斉木に言われた言葉が再生される。こんなに遠く離れた場所で、また彼に現実を突きつけられているみたいだった。そんな場所にいて、効率悪いんじゃないの。そう言われている気がした。

居ても立っても居られなくなる。だからと言って、何をすればいいかもわからない。

「どしたの?」

階段のそばに明里が立っていた。スマホを見る僕の様子が変だったのか、心配そうな表情をしている。

「なんか見てた?」

「なんでもない。ちょっとインスタ見てて。大学の時の友達が、楽しそうな写真をあげてた」

「そうなんだ」

明里は短い沈黙の後、僕に尋ねた。

「東京、戻りたくなる？」

僕は首を小さく横に振る。

「そんなことないよ。でも……なんとなく、自分が進まなかった道のことを想像する時ってない？」

「匠海は、辰野に来たことを後悔してるの？」

「そういうわけじゃない。だけど色々考えると、何が正解だったんだろうって思って」

僕は握りしめていたスマホの、真っ暗な画面を見つめた。

「何かを表現しようと思うと、自分と近いことをしている人と比べなきゃいけない時がくる。僕はそこで、自分がどれだけ周りより劣っているのか見るのが怖いんだ。……ん？雪？」

顔を上げると、大きな窓の向こうに白い雪が降っていた。舞うというよりは、しっかりと降り注いでいる。

「あ、ほんとだ。意外と早かったね。この感じなら、すぐに積もるかも」

久しぶりに雪を見た気がした。どうりで寒かったわけだ。

階段から足音がして、菜摘さんが三階から降りてきた。

「今日は寒いから、あったかいご飯にしよっか。お鍋とか」

「いいですね」

「うん、賛成」

それから三人で鍋を囲んで、早めの夕食を食べた。体が温まると、安心する。食べ物は心を満たしてくれる。

食事が終わったら、菜摘さんは何かを思い出したようで、裏からカゴをいくつも持ってきた。カゴの中には、まださやに入ったままの豆がたくさん入っていた。

「今年もそろそろ豆選りやろっか。匠海くん、今日帰る前に少しだけやってみない？」

カゴの前で、菜摘さんは腕まくりする。

「冬が来たって感じだなぁ」

明里があまり嬉しくなさそうに言う。

「何？　豆選りって？」

「とりあえず、全部裏から持ってこよう。運ぶの手伝って」

三人で、カゴに入った豆を裏から居間に運んでくる。裏に並んでいるカゴは見かけたことがあったが、その正体は知らなかった。中には、秋の間に収穫された豆がさやのまま入っていた。種類別に分けられたさやが、カゴの中で重なり合っている。

「インゲンとかの豆は、夏の間に収穫すると緑の状態で食べることができる。でもそこから乾燥させていくと、こんな風にカラカラの状態になるの。中の豆の状態は、さやから出さないとわからないでしょ？　剝いてみると虫に食べられたものや変色した物があるから、それを一つ一つ取り除いていく」

菜摘さんが豆を見せながら説明する。

「これがねぇ、途方もない作業なの」

明里が力のない声で言う。

やり方を教えてもらって、僕は作業を始める。三人でカゴを囲んで、豆を剝いて一つ一つ確かめていく。何粒かに一つ、見た目が良くないものがある。これはいい、これはダメの基準を菜摘さんに確認しながら進めていく。

始めてから五分で思う。本当に途方もない。

手作業で一つ一つ剝いて確かめていくこの作業は、毎年時間に余裕のできる冬の間に、少しずつ進めていくらしい。

ひたすら単調な作業。稲刈りや草取りもそうだが、繰り返しているといつの間にか手は自動化される。でも特に、この豆選りの作業は不思議な空気が流れていた。薪ストーブのぬくもり。窓の向こうの闇。音のない空間。

瞑想に近いと思った。

さやを剝きながらも、頭に浮かぶのはなぜか東京での暮らしだった。

学校に行って、バイトをして、写真を撮って、現像して。

それが続けられなくなって、僕は今、想像もしなかった場所にいる。

ここで、知らない生き方に出会った。金井さんみたいな面白い考え方をする人、きよちゃんみたいに地元を愛する人。明里みたいに、都会に憧れる人もいる。

人生の分岐点は度々訪れる。生き方の選択ができる瞬間。一度選んで歩きだすと、もう戻れない。だから、迷う。

もし僕があの時大学を辞めて、斉木と同じ道を選んでいたら、もっと幸せになれていただろうか。こんなことで悩む必要もなく、写真で有名になれていただろうか。

「あー疲れた。もうだめぇ」

明里の気の抜けた声で、僕はふと我に返る。

「今日はこのへんにしよっか。お風呂沸かしてこよう」

菜摘さんが立ち上がる。

「あ、やりますよ」

僕は言って、素早く上着を羽織って、薪ボイラーに火を点けにいく。外に出ると、さっきより雪の勢いが増していた。じっとしていると、肩に積もるくらい。畑は大丈夫かな、と思う。すぐに畑を気にする自分が、ちょっと可笑しくなる。

お風呂に入ってから、僕は家に戻る支度をした。

外に出ると、足元に雪が積もっていた。金井さんの白のライトバン。タイヤはちゃんとスタッドレスに交換済みだ。それよりも、僕は人生でこんなにもマニュアルの車を運転する機会があるとは思いもしなかった。

僕が車に乗ると、助手席側の窓を叩く音がした。見ると、玄関で見送ってくれたはずの明里がそこに立っていた。僕は窓を開ける。

「ごめん、忘れ物あった？」

「ううん。ちょっと入ってもいい？」

「うん、どうぞ」

明里は扉を開けて、助手席に座る。上下動きやすそうなスウェット姿の彼女は、前を向いたまま少し黙っている。狭く静かな車内で、僕は少し気まずさを感じた。

「どうし……」「あのね」

同じタイミングで話し出してしまい、僕らは小さく笑った。明里は仕切り直して話し始める。

「私、さっき豆選りしながら、匠海が言ってたこと考えてた」

ちらりとこちらを見た彼女の瞳だけが、暗い車内で微かに光っていた。

「言ってたこと？」

「進まなかった道のこと」

「ああ」

僕が言った言葉を、明里は考えてくれていたみたいだった。

「私も、あるよ。想像すること。小学生の頃、中学生の頃、周りにあんな態度取らなかったらどうだったかなとか。違う学校に行ってたらとか。あと、やっぱり大学に行ってたらどうなってたかなとかも。何度も、何度も考えてた」

自分で自分の言葉を確かめるような口調だった。生き方の選択。この川島で、明里は僕以上に、何度もそんなことを考えてきたのかもしれない。

「……私が東京に行かなかったのは、ただ怖かっただけなの」

明里は俯いて、喉から声を絞り出すように言った。

「お母さんの反対を理由にしてたけど、本当はただ、私がここを離れるのが怖かったから。自分の体もよくわからないから。化学物質過敏症なんて、変だよね。本当は精神的な問題かもしれない。ネットを調べたら色んな意見が出てくる。そういう症状の話を聞いて、そう思いこんでいるだけだったりしてね。でも、実際に症状が出るからどうしようもないし。色んな言葉が私の体に纏って、本当の自分が見えなくなってるみたいで」

「……そんなこと、明里は考えなくていいよ」

「自分が怖かったから。東京、本当は行けたはずなのに、行かなかった。ずっと機会を逃してばかりだった」

明里は顔を上げて、僕の目を見て続けた。

「だけど私最近ね、進まなかった道だって、なくならないんじゃないかなって思うの。後戻りすることもできるかもしれないし、これからそっちの道に繋がる分岐と出会うかもしれない。本当に違う方に行きたいって思う日が来たら、意志さえあれば選ぶことができるんじゃないかなって」

それから、視線をもう一度前に移す。

「今の私は、もう子どもの頃とは違うから……」

その時、彼女の頬に柔らかい光が当たっていることに気づいた。

「なんか明るい……？」

僕は窓の外に目を向けた。街灯なんてあるはずないのに、光がフロントガラスから差し込んでいる。

「あ、今日は満月だ」

明里は少し屈んで、フロントガラスを見上げる。それから思いついたような顔をした。

「そうだ匠海、外に行こう。いいもの見せてあげる」

「こんな時間に？」

「いいから。コート着てくるから待ってて。匠海はせっかくだから、カメラも」

明里は〝月〟に戻っていった。僕は言われるがまま三脚と自分のカメラ、さらに菜摘さんのカメラを首からさげて外に出た。出た途端、気温の低さに焦る。僕は素早くダウンの前をしめた。

コートを着て、手袋をつけた明里が戻ってくる。

「こっち」

すでに道を雪が覆っていた。明里が雪に足跡をつけながら進んでいく。

暗闇。のはずなのに、結構明るい。月が出ているからだ。あと、雪が白いから。明里の背中を追いかけて、木々の陰を歩いていく。

「なんか、あっち光ってる?」

「そう。もうすぐだよ。ほら」

木々の陰を抜けると、景色が開けた。

そこは一面、光の世界だった。

白い雪が月光に照らされ、乱反射して輝いている。知っている場所のはずなのに、雪に覆われて見たことのない景色になっていた。

「すごいでしょ」

月と雪。自然が作り出す美しさに、僕は言葉を失った。

風に乗って細かい雪が舞う。その雪の粉に月の光が当たって、空気までキラキラと輝いているみたいだ。

「これが、辰野の冬の蛍。私がそう呼んでるだけだけど」

「蛍……」

光を反射しながら空を舞う雪は、確かに蛍が乱舞しているみたいだ。明里は以前、川島は冬の景色が一番美しいって言ってた。こういうことかと思った。

明里が深呼吸する。僕も真似て、深呼吸する。凍てついた空気が、肺の内側を撫でるのがわかる。

「しみるなぁ」

と僕は言った。「しみるね」と明里も笑いながら言った。

「この空気を吸えるのも、贅沢なんだよね。窓を開けて空気を吸えるだけで、感動する人もいるんだから」

沖裏さんが、やってきてすぐにデッキに出ていたことを思い出した。綺麗な空気を吸えるこの環境を、切望する人もいる。

僕は三脚を立てて、写真を撮る。誰も足を踏み入れていない、雪景色と月明かり。

「嬉しそうな顔してるね」

明里に言われて、写真を撮りながら自分がにやけていることに気がついた。

「どうして匠海が、風景の写真が好きなのかわかった」

「え、何?」

「自分じゃ、思い通りにならないからじゃない?」

「……それが理由になるの?」

「人生は思い通りにいかないことばかりだよ。でも、匠海はそれを楽しむことができる。だから、匠海は誰かと比べないで、最高の瞬間が訪れるのを待てばいい。風景自体は逃げないでしょ? 自分の人生だって、逃げないよ」

月明かりの下、全てが柔らかい光の中だった。

僕は黙って頷く。溶けて消えないよう、明里の言葉を胸の中に仕舞いこむ。風に吹かれ、灯火の消えかかった心の中の部屋に、パッと暖かい灯りがついたようだった。

雪の中に、明里は足を踏み出す。足跡をつけて、前に進む。その後ろ姿から、目が離せなかった。

「ねぇ明里」

こっちを向いた明里に向かって、僕はシャッターを切った。

カシャ、と音がなる。

「あ、ずるい。撮る前に言ってよ」

「次からはそうする」

「あ、それお母さんのカメラだ」

「そう。フィルムだから、現像してプリントするまで確認できない」

ちゃんと撮れているかわからない。それも、フィルムカメラの魅力の一つだ。

「そうだ、また星のこと教えてよ。あの明るい星は?」

明里は夜空を指さして言った。冬は一等星が多いので、月があっても見える星は多い。明里が観ている明るい星は、シリウス。全天で一番明るい恒星。冬の大三角の一つ。好きな物の知識はするすると出てくる。指で辿って、前と同じように明里に教えてあげた。

僕は雪と冬の大三角が一緒に入る構図を探し、三脚を立てて写真を撮る。明里もファインダーを覗きこむ。

「星の写真って、カメラのシャッターを長く開いて、光を集めて撮るんだよね？」

「そうだね」

「それって面白いね。じゃあ匠海は、光の配達屋さんだ。匠海が星の光を集めてきて、それを必要な人の場所まで運んでいく」

「光の配達屋……」

言われて考えてみれば、確かにカメラはその瞬間の光を集めて、別の場所に運ぶことができる装置だ。そんな考え方、したことがなかったけれど。

「必要としてくれる人、いるといいな」

僕はそう独りごちた。

「きっといるよ」

明里は微笑む。出会った頃からそうだ。明里はいつも、僕よりずっと先を歩いていて、僕が必要としているものを教えてくれる。僕には見えないものが見えている。こんな人になれたらと思う。

「ありがとう」

自然とそう、こぼれるように言葉が出た。

「何に対して？」

と訊き返される。

「なんか、こう、全体的に」

「何それ？」

明里はくすりと笑った。

「来年の夏は、一緒にゲンジボタル見に行こうね。ほたる童謡公園の」

「うん、夏の蛍も見たい。僕はまだ、あの公園に蛍がいるのを想像できない」

「見たらきっとびっくりするよ。すごい数だから」

「楽しみだな」

明里と一緒にいられて、僕は幸せだと思った。


明里の言っていた通り、冬になると菜摘さんは二十一時くらいに寝て、朝八時くらいに起きるようになった。雰囲気も、夏の頃とは少し違う。元気がないとかではないけど、物腰が少し柔らかい。動物が活動する力を蓄えているみたいに。

年末は忘年会のような感じで、菜摘さんは近所の人たちを〝月〟に誘って料理を振るまった。農家の方が多く、みんなそれぞれ食材やおかずを持ちこんで、テーブルの上はとても贅沢になった。

僕の知らない人ばかりだったが、会う人会う人、「ああ、君があの」という感じになった。

僕は最近辰野にやってきた写真家として、少し有名になりつつあるらしい。

きよちゃんが来てくれた日は、甘酒を持ってきて振るまってくれた。きよちゃんは地元のおじさんたちに「甘酒」と呼ばれていた。「おい、甘酒」という感じ。「売ってるもので人を呼ぶな」ときよちゃんは怒っていたが、みんなから愛されてることが見ていてよくわかった。

新しい年が訪れ、僕は近所で会う人に、明けましておめでとうございます、と何度も言った。人がたくさんいるはずの、東京にいる時よりも言う機会が多かった。

商店街の方にも、挨拶に行った。いつもお世話になっている写真館の藤岡さんをはじめ、知り合いになったお店の人たち。そして、ゆいまーるの佳恵さん。

佳恵さんは、会いに行ったら大げさなくらい喜んでくれた。今年もよろしくお願いします、と挨拶をしてから、僕は近況を報告する。

「冬の間だけ、〝月〟でウーファーみたいなことをさせてもらってるんです」

「ああ、そうらしいね。すっごくいいことだと思うよ。頑張ってるね」

佳恵さんは、うんうんと頷く。〝月〟で働いていることは既にどこかで聞いていたらしい。

「菜摘さんのところにいると、本当に勉強になると思う。農業のっていうか、生きるってことについて。今の匠海くんには、きっと最高の環境だよ。たくさん吸収してきて。でも、ゆっくりやるんだよ。焦っちゃだめ」

金井さんとの暮らしのことや、たくさん知り合いができたことも話す。やっぱり佳恵さんの、そしてゆいまーるの雰囲気は好きだなと思う。

別れ際に「また、撮った写真見せにきてね」と言われた。大切な人にいいものを見せられるよう、頑張ろうと思った。


それから僕は一月の間、豆選り、雪かき、薪運びといった仕事に明け暮れていた。

一月の終わり頃、特に冷える朝。家にいた僕に、明里が電話をかけてきた。

「ね、さっききよちゃんから連絡があったんだけど、諏訪湖に御神渡《おみわた》りができたって。見に行かない？」

「何それ？」

「諏訪湖って毎年冬になると凍るんだけど、氷が盛り上がって道みたいになることがあって。それを御神渡りって呼ぶの。毎年できるわけじゃないんだけど、今年はできたみたい」

「へぇー。そんなのがあるんだね。見てみたい」

「じゃあ、神社に初詣がてら行こう」

明里が車を運転して、途中で僕を、それから辰野駅の方できよちゃんをピックアップする。そこできよちゃんが運転を交代する。僕は後部座席に移動して、明里が助手席に座る。二人の時は、いつもきよちゃんが運転するようになっているらしい。

諏訪湖は辰野から、大体車で二十分くらいで、一つ山を越えるとすぐそこだ。

「明里とこの道通ると、学生の頃思い出すなぁ」

「よく映画観に行ったよね」

スカラ座。って前に言ってた。二人は学生時代の話を始める。三人で会うと、二人は二人だけの会話が多くあって、僕はそれを聞くばかりになる。ここに金井さんがいたら、また違うんだろうけど。

「匠海、諏訪大社行ったことある?」

関係ない話だと思って外を眺めていたら、急に話を振られた。

「え、ないです」

「だよね。諏訪湖の近くには、諏訪大社っていう神社があるの。諏訪大社は上社と下社が諏訪湖を挟んであって、氷がせり上がってできる御神渡りは、その間を神様が通った道とされているんだって」

「素敵な話ですね。そもそも、なんで氷がせり上がるんですか?」

「忘れた。それ、毎年調べるんだよね。放射冷却で氷の表面がなんとかだった気がする。毎年調べて、毎年忘れる」

「わかる。もう神様の仕業でいいんじゃないかな」

明里が軽い口調で言った。

「去年もそうだし、ここのところできてなかったんだよね。今年は神様の機嫌が良かったのかな」

きよちゃんは諏訪湖の近くの駐車場に車を停める。今年は下諏訪側にできたらしいから、この辺かな、とか言いながら。

初めて見た諏訪湖は、湖という言葉で想像していたものよりずっと大きかった。見事に一面凍っていて、巨大なスケートリンクみたいだった。中に入るのは危険なので、僕らは周りを歩く。

「あそこじゃない？　できてる！」

きよちゃんが指さした先に、人が集まっている場所があった。氷の上に、ずっと遠くまで曲線のラインができている。近づくとせり上がった氷が、本当に道のように連なっているのがわかった。

「わぁ！　今年すごく綺麗にできてる！」

明里はその場で小さく跳ねて喜ぶ。

初めて見た僕は、不思議な現象に息を呑んでいた。どうしてこんなことが起こるんだろう。せり上がった氷が、太陽の光に照らされて煌いている。

「ね、そのお母さんのカメラ、少しの間借りてていい？」

「もちろん。フィルムカメラだから、大切にね」

「うん、ちょっとあっちまで見てくる」

明里はニコンFを持って走り出す。子どもか、と言うきよちゃんの言葉を無視して、明里は諏訪湖沿いを駆けていく。

「あいつ、元気だなー」

「若いですからね」

「匠海もそんな変わんないでしょ」

「それなら、きよちゃんも変わんないですよ」

「いや、変わるよ。私はもうそんな元気ない。ってか、匠海は変わったね。ごめん、今の言い方ややこしいか。出会った頃から、変わったって意味」

「ほんとですか？　馴染んでます？」

「馴染んでる。というか、普通に立派だなって思う。東京から来て、慣れないことにも取り組んで。この前明里も言ってたよ、匠海すごいねって。頑張ってるよねって」

「……みんなが優しいだけですよ」

そんな風に言ってもらえて、内心嬉しい気持ちでいっぱいになる。だけど僕は、自分がそう言ってもらえるような立場ではないことをよくわかっていた。僕は何も成し遂げていない。ここに来て、暮らしているだけだ。

「あの、辰野に写真展ができるようなスペースはないですか？」

僕は以前から考えていたことを口にした。この前佳恵さんと話して、よりその思いは強まった。

「写真展？」

「はい。これまで辰野で撮ってきた写真を、いずれこの辰野でちゃんと形にしたいなって思ったんです」

　斉木が開催するような、大きな規模の華やかなものではないかもしれない。だけど今の僕にできることとして、まずは佳恵さんを始めとした、知っている人が喜んでくれるような写真展をしてみたい。誰もが羨むものでなくても、それを必要としてくれる人がいればいい。父も、もしかしたらそんな思いであの写真館をしていたのかもしれない。

「できるだけ費用のかからない場所があればいいんですが……」

　僕が言うと、きよちゃんは少しの間腕を組んで考えた。

「それなら、甘酒屋ＫＩＹＯの店内を使うのはどう？　壁に写真飾るの。うちのお客さんにも見てもらえるよ」

「え、いいんですか？」

「もちろん。そうだ、どうせなら今年のほたる祭りの時期にしたらどうかな？　匠海が写真で辰野を盛りあげようとしてくれるの、みんなも喜ぶと思うな」

「是非やらせてください。お願いします」

　きよちゃんは素敵なアイデアをくれた。

　言葉にすると、こうして力を貸してくれる友達がいる。僕はとても恵まれていると思った。

「私も嬉しい。いい写真撮らないとね」

「撮ってみせますよ」

目標があると、より頑張れる。夏のほたる祭りがさらに楽しみになった。

二月が過ぎて三月になった。山から吹く風に、少しの湿り気と微かな温度が含まれるようになってきた。空気が皮膚に当たったた時の感触が違う。

体の感覚も、少しだけ変わってくる。人間だって動物だなと思う。菜摘さんのように、睡眠時間が変わるほど顕著じゃなくても、寒い間は気づかないうちに体がどこか緊張している。暖かくなってくると、閉じていた花が開いていくように、固まった体の芯が解かれていく気がする。

僕のウーフ期間は間もなく終わりを迎えようとしていた。金井さんがスキー場から帰ってくるのだ。先週、雪が溶けるからもうすぐ戻ると、電話があった。もともと、金井さんが帰ってくるまで〝月〟で働かせてもらうという約束だった。ちょうどかやぶきの館のバイトも、これから客が増えて忙しくなりそうな気配があった。

僕は長い時間、〝月〟の畑に立って、季節の些細な変化を見てきた。そうしていると、物事への理解が進んでいるような感覚があった。自然のことも、辰野のことも、自分自身のことも。そして、近くにいる親子のことも。

自分に余裕が出てきたのかもしれない。

だけどそれは、ただの思い込みでしかなくて、僕は結局、自分のことしか見えていなかった。ずっと近くにいた人のことを、何もわかってあげられていなかった。

そう思い知る、出来事があった。


その日、僕は昼前に〝月〟にやってきた。お客さんのいない日で、菜摘さんの畑仕事を手伝っていた。

明里は朝からいなかった。前日の夜に、明日はきよちゃんのところで、何かのイベントの準備をするのだと言っていた。一日中かかることで、夜も遅くなると。

珍しいことではあったが、仲のいい二人のことだから不自然さはなかった。だから僕はそれについて深く尋ねなかったし、菜摘さんもきっとそうだったと思う。

夕方になって、電話が鳴った。〝月〟の一階の、キッチンの横にある通路に設置された電話。お客さんが予約をするためにかけてくることもあれば、菜摘さんの知り合いがかけてくることもある。だから電話が鳴るのはおかしなことではない。なのに、その電話の鳴り方がいつもと違って聞こえた。何かを知らせようとしているような、切迫感を感じる音だった。

菜摘さんはその瞬間、僕よりも強くそうした気配を感じとったのだと思う。明らかに表情を曇らせた。

菜摘さんはキッチンの横の通路に入って、電話をとる。電話のやりとりは、居間にいる僕にもわずかに漏れ聞こえた。その受け答えの様子から、ただごとじゃないことはわかった。しばらくして電話を切り、居間にやってきた菜摘さんは僕に言った。

「明里、東京にいる。病院に運ばれたって」

それは、明日から二度と雨は降らなくなります、というくらい、現実から距離のある言葉だった。明里、東京、病院。菜摘さんの言った言葉を飲みこむのに、僕は少し時間を要した。

「……ど、どういうことですか?」

精一杯の言葉を振り絞ってそう言った。言いながら、握った手のひらが汗でじわりと濡れているのを感じた。

「私も状況がわからない。こんなこと初めて。今のは病院からの電話だった。明里、一人で東京に行ったみたい」

「東京?　でも今日はきよちゃんのところにって……」

「嘘だったってこと。なんでかわからないけど、東京に行った。向こうで何か食べて、症状が出て救急車で運ばれた。ちょっと信じられないね。あの馬鹿……たくさん苦しんできて、自分の体のことは自分が一番わかってるだろうに。アナフィラキシーってわかるよね?」

僕は頷いた。アナフィラキシー。アレルゲンに対する防御反応。命にも関わること。〝月〟で暮らしていたら、最低限のアレルギーの知識は身についている。だけど、明里が?

「あの子の場合、何が症状の引き金になってるかわからない」

「どんな状態なんですか。大丈夫なんですか」

僕は呆然としながらも、詳しい状況が知りたかった。

「血圧が低いのと、今熱はあるけど、そんなに高くないって。だから命に別状はない。ちゃんと吐いたみたいだし。でも、環境がダメだったらあの子はダメになるから……」

前に聞いた、昔明里が命を維持するだけで大変だった頃の話を思い出す。心配だった。いや、それ以上に、明里がいなくなってしまうことを想像して怖くて仕方なかった。人は突然いなくなってしまうことを、僕は父のことで思い知っている。

「最近ちょっとだけ、嫌な予感してたのよ。今から迎えに行ってくる」

「東京までですか？」

「ああ、そうだ。朝から車なかったよね。明里、車で東京までは行かないだろうから、辰野駅かな。いや、バス停に置いてるかもしれない」

「僕の、ってか金井さんの車使ってください。僕も一緒に行きます。運転します」

「いや、私だけで大丈夫。匠海くんはここにいて。車だけ借りていい？」

「僕も一緒に行きます」

僕は食い下がったが、菜摘さんは首を振った。

「ごめん。これは家族の問題だから」

菜摘さんは、きっぱりと強い口調でそう言った。僕に向けたその目には、これまでにない鋭さと、見えない壁を感じさせた。菜摘さんがずっと遠くにいる人みたいで、それ以上同じことは言えなかった。

菜摘さんは必要なものだけをカバンに入れて、すぐに外に出た。僕から鍵を受け取って、金井さんの車に乗り込む。

「この車、マニュアルです」

運転席に座る菜摘さんに言った。

「大丈夫。昔乗ってたから。ってかこの車、私が昔もらったのを、金井くんにあげたやつ」

そんなことも、僕は知らなかった。

「また連絡する。ああ、ご飯炊いてる途中だ。キッチン入っていいから、適当に食べてて。客室のベッドも使っていいから。ここのこと、あとよろしくね」

「わかりました」

僕は何も聞き返さなかった。

菜摘さんはスムーズに車を発進させる。白いライトバンは音を立てて坂を下りていき、すぐに見えなくなった。

僕は一人、〝月〟に取り残された。

居間の椅子に座り、心を落ちつけようとした。明里の詳しい容体がわかるまで、待つしかない。ただ待つだけしかできない状況が歯痒《はがゆ》かった。アプリのマップで調べると、東京まで車で片道三時間ほどだった。菜摘さんが病院に着いて、落ちついたらきっと連絡をくれるだろう。

命に別状はない。その一言は救いだった。

心配。だけど、菜摘さんはもっと心配なはずだ。家族だから。明里が生まれた時から、ずっと大変な時期を見てきたのだ。僕とは見てきた時間の長さが違う。僕の心配とは、比較できるようなものではない。

だから、一緒に行けなかった。

僕は椅子に座ったまま、家全体を見渡した。あの親子二人が暮らしてきた場所。全国から色んな方が、泊まりにきている場所。

どうして、明里。どうして一人で。

窓の向こうはもう暗くなっていた。まだ日が沈むのは早い季節だ。窓には部屋の光が反射して、椅子に座っている自分が映っている。自分を見つめながら、僕はなぜか母のことを思い出していた。

父が亡くなったあの頃。僕は突然、母と二人で生きていくことになった。いや、それは僕の視点の話だ。母は、子どもと二人で暮らしていかなければならなくなった。そこには現実的な問題がいくつもつきまとう。何度も判断を迫られたはずだ。決して裕福ではなかった。何かを切り捨て、何かを選ばなければならない。

写真館はなくなった。思い出は手の届かない場所にいってしまった。だけど、母は僕と生きていくことを選んだ。

僕はあの頃、母の泣いている姿を見なかった。僕にそんな姿を見せたくなかったのかもしれないし、泣いている暇さえなかったのかもしれない。

キッチンから電子音が聞こえて、ハッとなった。炊飯器のご飯が炊けた合図だった。僕はキッチンに入り、炊飯器を開き、置いてあったしゃもじでご飯を底からかき混ぜた。

食欲はまだなかった。僕は居間の棚に並んでいる本の中から、目についたものを手に取り、何ページかめくって、また本棚に戻すことを繰り返していた。

底冷えする夜だった。薪ストーブの大きなガラス窓を開き、薪をくべて、中で揺れている火を見つめていた。薪ストーブの煙突部分は二階、三階へと伸びている。二階にいる明里が、寒い日は伸びた煙突の近くにいると暖かいのだと、無邪気に言っていたことを思い出した。

明里。どうか無事であってほしい。

長い時間、僕は火を見つめて待っていた。しばらくして電話が鳴り、僕は急いでとった。菜摘さんからだった。家を出てから、四時間が経過していた。

「匠海くん、色々とごめんね」

菜摘さんはそう言った。自分の電話を持つ手が小刻みに震えていた。

「あの……」

「明里は大丈夫。今はもう寝てるけど、少し話せた。症状は落ちついてる。問題ないよ」

「……良かった。本当に良かったです」

明里は大丈夫みたいだった。僕は大きく息を吐き出した。張り詰めていた糸が切れるように、体の力が抜けた。

「突然飛び出していってごめんね。車もありがとう。多分、明日の夕方には戻れると思う。匠海くんがいてくれて助かった。良かったら今夜はそこに泊まって。冷蔵庫にあるもの、適当に食べていいから」

「ありがとうございます。待ってます」

気になったことがあって、僕は一つ言葉を付け加えた。

「……明里、何か言ってましたか」

僕はそう尋ねた。明里がどうしてこんな行動をとったのか、知りたかった。

「まだ、詳しいことは聞いてない。ただ、謝ってた。申し訳なさそうにしてた」

「そうですか……」

少しだけ沈黙があった。

「……きっと明里、このままじゃダメだって思ったんだろうね」

菜摘さんは、言葉をこぼすように言った。

「試したかったんだろうね。自分がどれくらい普通に過ごせるか。ちゃんと、自分の力で乗り越えたかったんじゃないかな」

耳元で菜摘さんの息を吸う音が聞こえた。菜摘さんは続けた。

「準備して、誰かと一緒に行くことだってできたはずなのに、そうしなかった。本人なりに、覚悟があったんじゃないかな。立派だと思うよ。だから許してあげたいんだけど、ダメだな。さっき、怒っちゃったんだよね。まだ私、母親なんだね。色んなこと思い出して、心配で仕方なくて。私だって、子離れしてあげないとって思うのに」

少し弱った様子で、菜摘さんは言った。こんな声色の菜摘さんは初めてだった。

「ごめん匠海くん、こんなこと」

「いえ、大丈夫です」

「また明日連絡する」

電話が切れても、僕はしばらくの間その場所から動けなかった。

安心したことで、空腹だったことに気がついた。言葉に甘えて食事をさせてもらうことにした。

冷蔵庫を開けると、ラップをかけたいくつかの料理があった。保存してあった小松菜に、胡麻生姜を和えたもの。大根を使った松前漬け。長ネギで作ったマリネ。僕は少量のご飯と一緒に小皿に移したそれらを食べた。

食事の後は薪ボイラーに火をくべ、シャワーを浴びた。寝支度をしてから、自分でベッドメイクした客室で寝ることにした。初めて入った客室のベッドは、金井さんの家の布団と違い、ふかふかで心地良かった。すぐに寝つけそうな気がしたが、そうはいかなかった。

目を閉じると、菜摘さんとの会話が再生された。

——明里、このままじゃダメだって思ったんだろうね
菜摘さんはそう言っていた。

明里がそんなに抱えこんでいたことに、僕は気がつかなかった。様子が違うなんてことも思わなかった。僕は、明里の何を見ていたんだろう。

話してくれても良かったのに。彼女は話してくれなかった。

結局、僕が引っかかっているのはそこかもしれない。長い時間近くにいて、東京の話だってした。それなのに。

自分で乗り越えたかったのだろうと、菜摘さんは言っていた。だけど考えてみれば、菜摘さんにさえ言わなかったことを、僕に言うはずがないのかもしれない。

——ごめん。これは家族の問題だから
あの時の、菜摘さんの鋭い目を思い出す。

いざと言う時に、僕は部外者だ。


意識がある時間とない時間の境目が曖昧な、細切れの睡眠だった。

カーテンの向こうが次第に明るくなり、朝になると外は雨が降り始めた。強い雨ではなく、か細い糸のような雨だった。

僕は自分の使ったシーツを洗濯し、薪ストーブの前に干した。雨の日でも、ここに干せば大抵のものはすぐに乾いてしまう。それから昨日と同じメニューの食事をとった。食事が終わった頃に電話が鳴った。菜摘さんからで、これから東京の病院を出るのだと言った。明里の体調も問題ないようだった。

二人が帰ってくる前に畑の手入れをしようと思ったが、窓の向こうの雨はやむ気配がなかった。雨に濡れる畑を眺め、晴耕雨読《せいこううどく》という言葉を思い出して、僕は本を読むことにした。棚を見るとレイチェル・カーソンの本がもう一冊あることに気がついた。『センス・オブ・ワンダー』という、植物の写真がカバーになった美しい本だった。僕はその短い本を読みながら、二人が帰ってくるのを待った。

夕方頃に、車が停まる音が聞こえた。

先に玄関に入ってきたのは菜摘さんだった。

「ただいま。匠海くん、色々とありがとうね」

「いえ、とんでもないです」

その後に、遅れて明里が入ってきた。俯き加減の明里は、たった一日で一回り小さくなったように見えた。

「おかえり」

僕が言った。

「ただいま」

明里は一目でそれとわかる作り笑いを浮かべた。どんな顔を僕に見せていいのか、わからないという様子だった。

たくさん尋ねたいことがあった。だけど彼女はそれ以外に何も言わず、足早に二階へ上がっていった。

「まぁ、そうだよね」

菜摘さんは呆れたように言った。

「明里、大丈夫でしたか……？」

僕は菜摘さんに尋ねた。

「体はもう大丈夫そう。でも疲れてるだろうから、休ませてあげよう。車の鍵、ありがとう」

菜摘さんは僕に鍵を渡した。長い距離を運転して疲れているはずなのに、菜摘さんにそんな様子は全くなかった。

「明日、金井くん帰ってくるでしょ？」

「はい。明日の昼に、駅まで迎えに行きます」

「じゃあ、匠海くんは、今日が一応〝月〟で働く最後の日だね。明里はあんな感じだし、何か栄養のあるもの作るよ」

明日は、金井さんが辰野に帰ってくる。金井さんは数日前に菜摘さんにも連絡してくれていた。匠海がお世話になりました、と。保護者か、と思う。

だから今日でここでの仕事は終わりだ。だけど、まさか最後の日がこんな雰囲気になるなんて思いもしなかった。

菜摘さんは料理をしてくれたが、結局晩ご飯は二人で食べることになった。明里はベッドで寝たまま起きてこなかったから。

「せっかくだし、飲む？」

と言って、菜摘さんは嬉しそうに日本酒を持ってきた。

「飲酒運転になるからだめですよ」

と僕が言うと「私は飲もうかな」と言って自分でおちょこに注いでいた。

「私、久しぶりに東京行ったな。車で通っただけだけど」

「どうでしたか？」

「もう、どんどん新しい建物ができてて。驚いたよ。まるでここは時間の流れ方が違うみたい」

「あの金井さんの車、菜摘さんのものだったんですね」

「そうね。私が昔十万円くらいで譲ってもらったの。最初は荷物運ぶのに、大きい車が必要だったから。だけど暮らし始めると、それもいらなくなって。ちょうど金井くんが欲しがってたからあげたの。必要なものは、必要としてる人に使われるのが一番いい」

菜摘さんはいつもより心なしか饒舌《じょうぜつ》な気がした。それがお酒のせいなのか、最後の日の僕に気を遣っているのかはわからない。食事をしながら今日までのことを振り返り、僕の仕事ぶりを褒めてくれた。僕は初日に、薪ボイラーで苦労した懐かしい話をした。

話しながらも、僕は二階にいる明里のことが気になって、時々意識はそちらに向いていた。

「楽しかったね。またいつでも来てよ。気軽にね」

「ありがとうございます」

食事が終わって、片づけるのを手伝ってから、僕は家に帰る準備をした。

しばらくここには来ないかもしれない。なんとなく、そんな気がした。


菜摘さんに玄関まで見送られて、僕は〝月〟を出た。外はまだ小雨が降っていた。

僕が運転席に乗りこんで、ミラーの位置を調節していると、助手席の窓を叩く音がした。見ると、そこに明里が立っていた。

「明里」

急いで窓を開けた。

「……ごめんね、色々とありがとう」

明里は窓の向こうからそう言った。

「体は大丈夫？」

「うん、大丈夫。もういつも通り」

「良かった。雨、濡れるよ」

車の中に入ったら、というつもりで僕は言ったが、明里は入ろうとはしなかった。

「ごめん、こんな感じで。私、急に変だよね。一人で東京に行ったりして。こんなはずじゃなかったんだけど」

明里は恥ずかしそうに俯いた。

「謝らないでよ。無事で良かった。本当に」

僕はそう言った。だけど明里は、まるで僕の言葉が耳まで届いていないみたいに、なんの反応も示さなかった。

「……匠海はさ、これからどうするの？」

顔を上げて、明里は僕に質問を投げかけた。遠くにあるものを見つめているような、ぼんやりした目をしていた。

「これから？　金井さんが帰ってくるし、また元の生活に……」

「そうじゃなくて、もっと先。匠海は、東京に戻るんでしょう？」

「そうだね」

「早く戻らなくていいの？」

なぜ今、彼女がそんなことを尋ねているのか、その意図がわからなかった。

「大学は夏の終わりから授業が始まる。だから、夏には戻ると思う」

「じゃあこれから、辰野を離れる準備もしないといけないね」

「そうだけど……」

「今日までありがとう。仕事、助かったよ。お母さんもそう思ってる」

ウーファーと、それを受け入れた人。明里が僕らのその関係を、強調しているようにも感じた。

「じゃあ気をつけて。濡れるから、戻るね」

そう言って、明里は〝月〟へと戻っていった。


昨日と同様に、意識と無意識の間を彷徨い、深く眠れないまま朝を迎えた。

昼になると、僕は金井さんを辰野駅まで迎えに行った。天気は昨日に続き、あいにくの雨だった。駅から傘もささずに現れた金井さんは、髭が伸びて前より修行僧のような雰囲気が増していた。

「いやー、辰野に歓迎されてない気分やわ」

と残念そうにしていたが、自分の家まで帰ると、急に目を輝かせて元気になった。

「やっぱ人が住んでると違うなぁ。去年は誰もおらん家に久しぶりに帰ってきたら、急に築年数重ねたみたいに感じたからな」

「もはや築年数なんて概念もないですよ、この家」

「いやいや、まだまだ築浅や」

そんな冗談を言って、金井さんは鼻歌を歌いながら荷物を片づけていた。一段落ついたところで、匠海はどやった？　と尋ねた。それで僕は、この冬にあったことを順番に話した。

菜摘さんからたくさん畑のことを教わったこと、色んなお客さんと出会ったこと、長い時間薪ストーブの前で豆選りをしたこと。だけど、最後に起きた明里に関する一連の出来事については話さなかった。話すことに、前向きな気持ちになれなかった。

「金井さんはどうだったんですか？　スキー場」

僕は尋ねた。

「楽しかったで。正確には、スキー場の宿泊施設やな。基本的に掃除とか片付けの仕事や。今年はお客さん多かったなぁ。体力いったわ」

「筋肉付いたんじゃないですか？」

金井さんは少しだけ体格が良くなっているようにも見えた。

「ここにいるよりは体動かすからな。いやー、でも季節労働っておもろいわ。今回も色んな人と出会ったで。なんて言うんかなぁ。あの、始まって終わるまでの時間を誰かと共有してる感じ。しかも、雪が溶けたら終わりやなっていうあの定まらんところ。人間は自然に生かされてて、それ以外はほんまは自由なんやなって思う」

「普通の就職とは、また違いますよね」

「せやな。あんなビシッとしてない。あと働きながら考えてたけど、ここでまた古着屋以外にもなんかしたいなって思ったわ。おもろいこと」

「新しいお店ですか？」

「そう。ライブスペースみたいなん作ってもええかなって思った。どうなるかわからんけど。そういうの考えるの、楽しいやろ」

「楽しいと思います」

「匠海、人生は一回きりや。おもろいことして生きていこ」

金井さんはスキー場で、人生のモチベーションをもらってきたみたいだった。

「ともかく、今日は二人でお疲れ様会やな。せっかくやし贅沢しよや。キッチンに越冬した日本酒があったはず」

その夜、金井さんと二人でつまみを作って日本酒を飲んだ。居間のテーブルの上に、日本酒と野菜を炒めたものを並べる。久しぶりの、金井さんの味付け。

金井さんは普段からお酒を飲むわけじゃない。本人もそこまで好きじゃないと言っていた。が、その割に今回は結構飲む。僕もつられる。気がつけば一升瓶がもう半分なくなっていた。

お酒は進み、僕はひどく酔っ払った。睡眠不足もあったと思う。何かから解放され、何かから逃げるように酔っ払った。〝月〟で働いている間、やっぱりどこか張り詰めた気持ちでいたのかもしれない。

そして何より、あんなことがあったから。

緩んだ気持ちの隙間からこぼれ出すように、僕は明里が東京に行ったことについて話し始めた。冬の間に色んなことがあったが、結局今の僕にはそれが一番大きな出来事だった。

金井さんは話を聞いて、神妙な顔で頷いた。

「そうかぁ。明里ちゃんも、相談してくれたら良かったのになぁ」

「そうです。なんか僕は、寂しい気持ちになりました」

「でも菜摘さん、明里に怒ってた感じやないんやろ？」

「はい。ただやっぱり、すごく心配したみたいで」

「娘のことやもんな。そりゃ匠海を置いて、東京まで迎えに行くか」

金井さんは伸びた顎の髭をしきりに触りながら言った。

テーブルの上には、空になった皿やコップ。僕はソファに寝転び、金井さんは床に座っていた。

「雪を照らした月の光が、本当に綺麗だったんです」

僕はあの冬の景色を思い出す。金井さんは、おう、と相槌を打つ。

「あの時、僕は写真を撮る理由が、少しだけわかった気がしたんです。本当に少しだけ。僕は明里に感謝しています。あんな景色をもっと撮りたい。大切な人との思い出を残したい……」

アルコールのせいで、頭の中が綿あめになっているようだった。自分でも何を言っているのかよくわからなくなっていた。

「匠海、飲みすぎや。そろそろ水飲んで寝るで」

僕の様子を見て、金井さんは水の入ったコップを渡した。辰野の美味しい水。僕はそれをぐいっと飲み干した。

「……僕は最後、明里に『君の未来はここにない』って言われたような気がしたんです」

「まぁ、実際東京の大学生やしな」

「そうなんですけど……」

僕は何を言っているのだろうと思う。

「匠海は、明里ちゃんと離れるのが寂しいんとちゃうか」

「……そうかもしれないですね」

「でも向こうは色んな人を受け入れて、見送るのが仕事やからな。別れなんて慣れてるかもしれん」

「そんなこと言うなんて、ひどいです」

僕は金井さんを睨みつけた。

「一体僕は、これからどうやって生きていけばいいんでしょう……」

とか、そんなことを言っていたことは覚えている。気がつけば僕は、深い眠りの中へ滑りこむように落ちていった。

次の日、ちゃんと二日酔いになりながら僕は起きた。いつの間に移動したのか分からないが、僕はしっかり自分の布団の中にいた。時計を見ると、もう昼の一時だった。僕の体は、ここ数日分の睡眠をまとめてとったらしい。窓の向こうからは、無垢な太陽の光が差しこんでいる。

居間に行くと、金井さんは何事もなかったようにソファに座って、小説を読んでいた。

「……おはようございます」

「おはよう」

「晴れてますね」

「晴れとるな」

嘆いても悔やんでも、こうして新しい一日はやってくる。頭は痛むが、ともかく金井さんとの暮らしに僕は戻ってきた。今日から部屋の掃除も、畑の草取りもしなくていい。時間がある。

写真を、撮ろうと思った。

違うことを考えなくて済むくらい、写真と向き合おうと思った。まずは冬に撮っていた写真をレタッチして、辰野写真の藤岡さんに持っていくことにする。

藤岡さんとは、できあがった写真を見て議論をすることもある。構図や色味、ピントの具合。藤岡さんは写真館にある風景写真集をいくつも貸してくれた。過去の写真家たちが撮った写真を見て、何が良い写真なのかを研究する時間も作ることにする。

あと僕には、そろそろ結論を出さなければいけないことがあった。明里にも言われた、これからのこと。休学の一年が終わったら、どうするのか。

普通に考えたら大学に戻るのだろう。ただ、そうするならお金が必要になる。学費と、東京での生活費。残念ながら、今のままのペースでは必要な額に届かない。

考えていると、頭の中に、もう一年辰野にいるという選択肢がよぎった。そうだ、お金が足りないならそうすればいい。休学の延長。しかしそんなことをしていたら、ずるずると時間が過ぎてしまうこともわかっていた。自分で定めた、一年の期間だったのに。

僕は金井さんの家で暮らしながら、バイトをし、写真に集中して時間をかけた。

季節は順調に暖かくなっていく。四月下旬になって、辰野の桜はやっと満開になった。天竜川をしばらく南に行くと、荒神山《こうじんやま》公園という桜の名所がある。僕はそこに写真を撮りに通った。大きな湖があり、その周りに咲く桜は格別に綺麗だった。花に誘われるように、町を出歩く人も増える。甘酒屋ＫＩＹＯは、暖かくなってお客さんが増えたと言っていた。

以前きよちゃんと約束していた、甘酒屋ＫＩＹＯでの写真展の準備も、ついに始まった。普段はシャッター商店街の辰野だが、ほたる祭りの間は屋台が並び、毎年十万人もの人が訪れるらしい。たくさんの人に見てもらえるチャンスになりそうだった。

甘酒屋ＫＩＹＯの店内はレトロな雰囲気なので、あまりしっかりとした額に入れるより、木製の味のあるものにした方がいいだろうと僕は判断した。そもそも、額にあまり費用をかけられないという実情もある。そこで木の枠をもらってきて、それをＤＩＹして額を制作した。作業は金井さんが手伝ってくれたおかげで、完成度の高いものが仕上がった。

全部で合計十点の写真を、店内に飾らせてもらう予定だ。辰野でこれまで撮ってきた、膨大な枚数の写真の中から選ぶのは苦労したが、最も自信のある十枚を選んだ。

それを一度額に入れて、店の壁に仮でレイアウトしてみる。

「いい雰囲気じゃんね。こうやって見ると、写真すっごく綺麗だよ」

きよちゃんは並んだ写真を眺めて、息をついて言った。

「ありがとうございます」

きよちゃんに言われたからじゃなくて、僕も自分で並べた写真を見て、胸の奥から込み上げてくるものがあった。

まず、被写体が美しかった。辰野から見える山々や流れる川、田園と町並み。そこに四季の色が映し出され、晴れの日、雨の日、雪の日もある。時間帯によっても、景色は大きく表情を変える。そこに自分が探した構図が加わり、その瞬間その場所にいた者のみに許された写真を撮ることができる。

自分の写真を見て、こんな気持ちになれたのは初めてだった。

僕は、風景写真を撮るのが好きだ。以前明里は、それは思い通りにならないからじゃないかと言っていた。

この写真を前にして、僕はその意味を自分でちゃんと理解できた。景色は誰の思い通りにもならない。笑ってと言っても笑ってくれない。晴れてと言っても晴れてくれない。全部、どうにもならない。

だから、好きだ。

思い通りにならないことまで、愛することができるということを、僕は自分の写真から気づくことができた。

ここに並んでいる写真を、誰かに見てほしい。言い訳もなく、胸をはってそう思う。

「全部いいけど、私はこれが好き」

きよちゃんが指さしたのは、大城山から撮った辰野の景色だった。

「俺はこれやな」

金井さんは、川島の川沿いで撮った景色を選ぶ。二人とも、自分に思い入れのある場所を選んでいるようで面白かった。

その時、僕のスマホに電話がかかってきた。藤岡さんからだった。珍しいな、と思いながら電話に出る。ちょうど今きよちゃんの店にいることを伝えると、すぐそっちに行く、と言われた。

「どうしたの？」

「辰野写真の藤岡さん。今こっちに来るって言ってた」

写真館はすぐ近くだ。一分もしないうちに、藤岡さんは姿を見せた。

「匠海くん！」

藤岡さんはなぜか走ってきたらしく、息を切らしている。

「どしたんですか？」

「それが、すごいんだよ。本当に！」

何がですか、と僕は言う。同時に、藤岡さんとはあの写真館以外で会ったことがないので、あそこから出られるんだ、と勝手に失礼なことを思った。

「ずっと前だけど、もらった写真、コンテストに出していいか訊いたよね？」

「あー、はい」

「いっぱいあったから、俺も迷ったんだけど、いくつかのコンテストに出してたんだ」

「えっ、ありがとうございます」

そんなやりとりをしたことさえ、今の今まですっかり忘れていた。

「聞いて驚かないでよ。なんと、最優秀賞に選ばれたんだ」

「え?! ほんとですか？」

驚く僕に、藤岡さんが封筒を渡す。開けると、中に折りたたまれた一枚の紙が入っていた。開く。横書きの書面の一番上、最初に飛び込んできたのは、「最優秀」の文字だった。

「匠海、すごいやん！」

「マジですごいじゃんね！」

と、金井さんときよちゃんがそれぞれ感嘆の声を上げる。でも、僕はその書面を見て、二人以上に驚いていた。

「……これ、サクラカメラのフォトコンテストじゃないですか」

「そうだよ。だからすごいんだ！　俺も嬉しい」

なにそれ、ときよちゃん。詳しい人じゃないと知らないだろう。藤岡さんの興奮の意味がわかった。

サクラカメラは、数あるフォトコンテストの中でも権威のあるコンテストだ。風景、生きもの、ポートレートなど、部門に分かれている。風景は日本で撮られた三枚の写真を送って、その総合で実力を試される。

「どの写真だったんですか？」

「応募したのはこの三枚だよ」

藤岡さんが渡してくれた写真は、確かに僕が撮った写真だった。木々の中で光るヒメボタルの写真。夕日が当たる、稲架かけされた田んぼの写真。それから、満月に照らされた雪景色の写真。

「どの写真も奥行きがあるし、その瞬間じゃないと撮れない写真だ。とても貴重だと思う」

プリントされた写真は、どれもシャッターを切った瞬間のことまで覚えている。そして、傍にいてくれた人も。

藤岡さんは続けた。

「写真は東京での展示会にも出展される。さらに賞金も……」

僕は紙に目を落とす。

「……賞金、七十万円」

「マジでか?!」

金井さんは、最近で一番大きな声を出した。僕は見間違いじゃないか確かめる。何度見ても、そう書いてある。

「すごい。本当におめでとう匠海」

きよちゃんが目を見開いて、心から祝うように言った。

「……いや、でもこれは受け取れないです。僕が出したわけじゃないですし。プリントだって、僕がしたわけじゃない」

「何言ってるんだよ。プリントは誰でも普通店に頼むものだよ。それに、確かに応募したのは俺かもしれないけど、ちゃんと匠海くんの許可も取っただろ? 何より、この構図で写真を撮ったのは匠海くんだ。色味を作ったのも」

「そうやで。匠海がシャッターを切ったんや。写真家として認められたってことやで」

「そうですかね……」

まだ実感がない。自分の写真が、こんなに大きな賞をとるなんて。賞金の額もすごい。間違いなく、大金だ。

「これで、学費払えるな」

金井さんが言った。僕はハッとして、金井さんを見た。

「あと一年半通ったら、卒業できるんやろ?」

確かにそうだ。このお金があれば、東京で写真と向き合う時間を作りながら、学校に通うことができる。

「せっかくここまで通ったんだったら、卒業はした方がいいよ」

きよちゃんもそう言った。

「……そうですね」

僕はもう、東京に帰ることができる。それも、大きな賞と一緒に。

東京にいた頃、賞をとった自分を思い描いたことがあった。それが叶えば、どれほど幸せだろうかと思っていた。

だけど今、あの時想像していた感覚とは違った。嬉しいはずなのに、何かが心の奥で引っかかっていた。

僕以上に、僕が認められたことを金井さんが喜んでくれていた。「いやー、匠海の最初の写真を見た時から、なんかちゃうと思っててんなぁ」なんて言ってくれる。

僕も嬉しかったけど、なかなか実感が湧いてこない。

大きな名誉と、賞金。これで晴れて東京に戻ることができる。僕は今、ずっと自分が願っていたはずの状況にいる。

なのに。僕はそれを、心から嬉しいと思えていなかった。お金が理由で東京に戻れないと思っていたのは、ただの言い訳だったことがわかった。

とにかく、話したいと思ったのは明里だった。賞をとったことで、きっかけができたと思った。あの写真を撮れたのは、間違いなく明里のおかげだったから。

あの夏に出会ってから、あと少しで季節が一回りする。明里にお礼を言いたい。藤岡さんから受け取った三枚の写真を持って、僕は〝月〟に行くことにした。一緒に見た景色を、評価してもらえた。きっと明里だって喜んでくれるはずだ。

翌日、川島の奥まで久しぶりに車で向かった。川沿いに咲いていた桜は、もう既に散り始めている。

〝月〟の手前の坂道で、車を停める。畑には誰もいなかった。

玄関の前まで歩いていった。扉を開けようとして、僕は自分の手が汗で濡れているのに気づく。初めてここに来た時よりも緊張していた。

「わっ」

開けようとした瞬間、自動で扉が開いた。

「あ、匠海？」

中から、麦わら帽子をかぶった明里が出てきた。手には柄の短い草刈り鎌。草取りに行くのだろう。これまでと何も変わらない様子だった。

「どうしたの？　ちょっとだけ久しぶりだよね」

明里は僕を見て、とても不思議そうな顔をしていた。

「あの、話があって」

「話？」

「写真のことなんだけど」

「あ、コンテストで選ばれたんだよね？　きよちゃんから聞いたよ」

もう先に知らされていたようだった。

「聞いてたんだ」

「うん。おめでとう。すごいよね」

「ありがとう。だけど、お礼を言うのは僕の方なんだ。選ばれた写真を撮れたのは、全部明里のおかげだった。明里がいないと撮れなかったものだ。だから感謝してる」

「そうだったんだ。力になれて良かった」

明里はただ、嬉しそうな顔でそう言った。もっと、どんな写真だったのかと訊いてくるのかと思ったが、違った。

「これで、自信を持って東京に帰れるね」

「……うん」

「東京でも、頑張って。私、本当に応援してるから」

明里の言葉に、僕は頷いた。頷きながら、変な感覚だった。僕はこんなことを言ってもらいたくて、ここに来たのではない気がした。

「……ありがとう」

僕がそう言うと、二人の間に沈黙が生まれた。お互いに、もう用事が済んだのだとわかる種類の沈黙だった。

「私、草取りしないと」

「あ、ごめん邪魔して」

「ううん、またね」

明里は僕の横を通って、畑へと歩きだした。

僕は何をしているのだろう。明里に、何を期待していたのだろうか。


——来年の夏は、一緒にゲンジボタル見に行こうね

雪景色の中で、明里がそう言ったのが、遠い昔のことのように思えた。僕は明里に、こ

の町にいてほしいと、引き止められたかったのかもしれない。
畑へ向かっていく小さな背中を、僕はただ見つめていることしかできなかった。

第四章　蛍と月の真ん中で

蛍を、見た。

金井さんの家を出たところから見える、田んぼの上をふわふわと飛んでいた。

僕は思わず走って家に戻り、金井さんに報告しに行った。

「蛍！　飛んでます」

「おっ、ほんまか」

二人で並んで、蛍を見る。弱い光で、数匹だけだったが、間違いなく蛍だ。

「もう六月やからなぁ。でも、今年は早いな。多分、ほたる童謡公園の方も出てるんちゃうかな」

「それなら、写真撮りに行かないと」

「まだ焦らんでええ。蛍の乱舞まで、あと数日はありそうやな。お祭りが始まるより早いかも」

お祭りは二週間の定められた期間があるが、蛍にとっては、人が決めた期間など関係ない。特に今年は少し早くから蛍が現れているみたいだった。

ほたる祭りが終わったら、僕は東京に戻る。大学に復学の届けを出したり、東京で住む家を探したり、やるべき準備があった。調べたら、僕が住んでいたマンションは一部屋空きがあるみたいだった。同じ場所に住んだ方が、勝手がわかって楽だろうと思う。

東京に戻る。授業に出て、そこそこバイトをして、大学を卒業。そして、それからどうするか。自分の進むべき道を考えなくてはならない。

考えながら僕は、自分を試すような気持ちで、一人で久しぶりにインスタグラムを開いた。投稿を見るのに、以前ほどの勇気はいらなかった。画面を操作し、知っている人から知らない人までの、様々な写真を見る。その中には斉木の投稿もあった。僕は彼の投稿を、過去に遡っていく。彼はちょうど、六本木で開催した写真展を終えたばかりのようだった。写真をしている者なら誰もが知っているような会場だった。彼がどういう経緯でそんな場所で開催できたのか、僕には想像もつかない。写真展はたくさんの方が観にきてくれたらしく、盛況だったそうだ。発売したフォトブックも、想像以上に売れたのだとか。

実際に展示された写真がいくつも投稿されていて、どの写真も美しかった。実物を見たいと思わせるだけの実力があった。

斉木は同い年で、考え方もしっかりしていて、行動力もある。僕にないものがたくさんある。

羨ましいと思った。

だけど僕はそんな彼の投稿を見て、安心していた。

前みたいに心が乱されていない、自分に安心していた。


商店街にやってきた。お祭り前の辰野の商店街には、いくつものほたる祭りのポスターが貼られていた。準備中の屋台がずらりと並び、僕の知っている商店街からは、考えられないほどの賑わいを見せていた。

公式のパンフレットに、僕が去年撮ったヒメボタルの写真が小さく使われていた。辰野はゲンジボタルだけでなく、ヘイケボタルやヒメボタルもいる、という説明と一緒に掲載されている。

その日、僕は少し久しぶりに、佳恵さんに会いにゆいまーるへ行った。この辰野で、僕を最初に迎えいれてくれた場所。

佳恵さんはゆいまーるの玄関で僕を待っていてくれて、居間に通してくれた。

「久しぶりだね。写真で賞とったって話聞いたよ。おめでとう。どうぞ、座って」

噂は聞いてくれているみたいだった。僕は促されて座布団に座る。

「ありがとうございます。この町のおかげだと思っています」

「いやいや、匠海くんの腕だよ。そっかー。もうすぐあれから一年経つんだね。早いなぁ」

去年の夏、僕はここに蛍を見にやってきた。たったそれだけの縁だった。そのはずが、こんなにも長居してしまった。

ミャー、と縁側から猫の声がした。

「あ、ミーヤ。珍しいね、見回り終わった？」

見ると、茶トラの猫、ミーヤが入ってきた。佳恵さんはゆっくり抱き上げる。

「ミーヤ、久しぶりに会いました」

「普段外にいることが多いからね。誰か来ないか見張ってる。匠海くんだよ、覚えてる？」

僕を見て、ミャーとタイミング良く声を出す。賢い。

「佳恵さん、あの時はありがとうございました」

「何？」

「あの、最初に来た時です。どんな人か知らないのに、泊めてもらって」

「いやいや、何言ってんの。それに、明里ちゃんの紹介だったしね」

「明里だって、僕のことを知らなかった」

「いや、明里ちゃんが大丈夫だと思った人は、悪い人じゃないってわかってるよ。あの親子は、目がいいから」

やっぱりみんな、あの親子の人を見る力を信用しているみたいだった。

「今年こそ、ほたる祭りの写真撮れるといいね。去年は匠海くん、終わった後に来たから」

「そうですね」

佳恵さんはミーヤを抱いたまま、縁側の手前に立った。風通しが良い。どこかから、チリンと透き通った風鈴の音がした。

「なんかさ、お祭り前の空気っていいよね。みんなそわそわしてる感じ」

「わかります」

「特にこの町には、それしかないからね。一年に一度の大イベント」

「佳恵さんは、毎年お祭りに行ったりするんですか？」

「そうね、覗きに行ったりするよ。初めて旦那とほたる祭りに行った時のこと、今も覚えてるなぁ。真っ暗な道を、手を繋いで歩いて。青春だったな」

佳恵さんは懐かしそうな顔をして、外の景色を眺めている。

「匠海くん、お祭りが終わったらどうするの？」

「東京に戻って、大学を卒業しようと思います。あとちょっとで卒業できるのに、もったいないってみんなに言われて。戻りたくない思いもあるんですが」

せっかく二年半通ったんだから、あと一年半頑張りな、ときよちゃんも言う。

「戻りたくなくなるようなものを、この町で見つけたんだね」

僕は頷く。佳恵さんは、安心したような表情をした。

「ねぇ、どうだった？　この町での暮らしは」

佳恵さんは何気ない口調でそう尋ねた。

——匠海くんは、しばらく辰野でゆっくりしたらいいんじゃないかなここで、そう言われたことを思い出した。

「僕はこの町で、僕の知らない答えを持っている人とたくさん出会いました」

人の数だけ人生がある。僕はこれまで、一つの正解を見つけ出そうとしていた。だけど、そんなものは必要ないんだと思う。お金が有るとか無いとか、どこに住んでいるとか、出身がどこかも関係ない。

「僕は、一人で生きていく力が欲しかったんです。でも、それってそんなに重要なことじゃないんですよね。なんか、うまく言葉にできないですが」

「わかるよ」

佳恵さんは、そのニュアンスまで受けとめてくれるように微笑んだ。

「人生って、正しさが正解じゃないんですよね。僕はそれをわかっていなかった。だから周りと比べて、自分の進んだ道が正しくない気がして、怖くなっていました。僕は昨日、友達のインスタグラムを見たんです。僕はその友達とは別の道を選んだから、ずっと比べるのが怖かった。だけど昨日、彼の活躍を見て、何も思わなかったんです。いや、何も思わなかったと言うと嘘になるかもしれないです。でも僕は、彼みたいになりたいとは思わなかった」

斉木には、正しさを信じて前に進める強さがある。そんな彼のことを否定はできない。成功する人にだけ、見える景色もあるだろう。でも僕には、僕にしか見えない景色があると思う。

「匠海くん、えらいね。同じ場所に座ってるけど、一年前の匠海くんとは全然違うよ。顔つきも、ね」

言われて、僕は自分の頬に触れる。

「前も言ったけど、私は人が同じ場所に同じタイミングでいるという奇跡を信じてる。ここで匠海くんは私と出会って、それから金井くんとも出会った。そんな奇跡が、また新しい人生に変わっていく。匠海くんに今それを見せてもらってるみたいで、私も嬉しくなっちゃう」

佳恵さんは目尻に皺を作って笑った。

「ここに帰ってきたくなったら、またいつでも帰ってくればいいんじゃない。この町は、いつでも匠海くんを歓迎するよ」

優しい言葉に、目の奥が熱くなる。ありがとうございます、と僕は言った。

ミーヤが、ミャーと同意をするように鳴く。


ほたる祭り初日の前日。

僕はこの祭りの前に、どうしても行かなければいけない場所があった。

辰野にいる間、長い期間そのことについて考えていた。

昨日、佳恵さんと話して、僕は行動に移せる小さな自信ができた。確かめないといけないこともある。渡したいものもあった。

朝早くに、僕は辰野駅から電車に乗った。

母に、会いに行くために。

長い時間電車に揺られ、いくつかの乗り換えを経て、駅に立つ。久しぶりに帰ってきた地元の景色は、全てが記憶のままで、まるで時間の流れない箱の中に入っていたみたいだった。

実家は、駅から十分ほど歩いたところにある、古い集合住宅だ。親子が二人で暮らすには余裕のある広さだった。

「おかえり」

玄関で迎えてくれた母は、以前と何も変わらない様子だった。歳をとった感じもない。

だけど久しぶりに会って交わした言葉は、なんだかぎこちないものだった。錆びついて動きにくくなった、窓の建て付けみたいに。

「ただいま」

僕は玄関に入ってすぐ側にある、自分の部屋だった場所を覗いた。そこには、東京から送った荷物が所狭しと置いてあった。

「荷物、預かっててくれてありがとう」

「また東京に送るんだよね？」

「うん。そのまま送ってほしい」

僕は短い廊下を抜けて、リビングに入る。やっぱりそうだ。

「何も変わってないんだね」

「帰ってくるって言うから、昨日ある程度片づけといたけど」

母はそう言って、遠慮がちに小さく笑った。

僕らはダイニングチェアに座る。決まって母が奥、僕が手前だった。

「休学、してたんだよね？」

母は心配そうな声で言った。

「うん。実は一年間、東京を離れてたんだ。辰野という長野の町で暮らしてた。昔玄関に飾ってた蛍の写真を、お父さんが撮った町」

僕が言うと「本当に？」と母は驚いた。

僕は少しだけ、そこで出会った人たちの話をした。その人たちのことを話すと、自分のことじゃないのに、なんだか誇らしい気持ちになった。

「すごい。そんなところで暮らしてたんだね」

母は僕が出会った人のことより、僕がそんな場所で暮らしていたことにまだ驚いていた。

言葉を交わしていくうちに、会話のぎこちなさはほぐれていった。複雑に結ばれた紐を丁寧に解いていくように、僕らは昔と同じ親子の姿へ、少しずつ戻っていく。

「お母さん」

僕はそう呼んだ。僕がそう呼べる人は、この人しかいなかった。

「会いにきたのは、一度ちゃんと、言葉にして話したかっただけなんだ。きっと僕は、誤解してたことがあったから。例えば、お父さんがいなくなって、悲しんでいたのは僕だけだと思ってた」

母はテーブルに視線を落とした。

「……ごめんね」

「謝らなくていいよ。そんなはずがないことなんて、わかりきってたことだった。お母さんは暮らしていくために、考えなければいけないことがたくさんあった」

「それは大したことじゃないよ。うまくできたような気もしないし、私は今も、うまくできてない。一年前、東京から届いた荷物を見て、匠海は東京でちゃんと暮らしてたんだって実感した。だけど母親として、何をするのが正解なのかわからなくて……」

「母親に正解なんてないよ。大丈夫」

俯く母に向かって、僕は言った。母を励ますような口調になっているのが、不思議な感覚だった。

以前、明里は僕の母の話を聞いて、菜摘さんと重ね、「強いんだよ」と言っていた。だけど、僕の母には弱さもある。僕に見せないようにしてきた弱さが。

「お母さん。いいよ、引っ越して。ここはもう、大丈夫だから」

僕はリビング全体に視線を移して言った。

ここに来た理由の一つは、確認しておきたいことがあったからだ。何も変わっていないかもしれないと思っていたら、本当にそうだった。結婚したはずなのに。

一年前、母は電話で再婚すると言った。その時の僕は自分のことで精一杯だったから、母がこの家をどうするかなんて考えもしなかった。実家は、ずっとあるものだという思い込みがあった。

だけどそんなはずはない。

母が再婚してもここから引っ越さずにいてくれたのは、多分僕のためだ。なまじ荷物を送ってしまったから。そして、過去に思い出の写真館を失っている僕が、今度は帰る場所まで失わないように。

「……せっかく、一緒に暮らした家だから」

母は呟くような声でそう言った。

住んだ場所は、代え難い思い出になる。母にとっても、この場所は僕との思い出の場所だった。当時、あの写真館もそうだったことは言うまでもない。

「ありがとう」

僕は心からそう言った。

「また今度、ゆっくり浩二さんと会わせて」

「うん。ありがとう」

それから、僕らはなんでもない話をした。なんでもないと言っても、交わした会話は、親子のするものとしては不自然なところもあったと思う。だけど、とても意味のある会話だった。

親子なんだから、仲良くすればいいじゃんとか、そんな単純なことじゃない。親子だからこそ、僕らはお互いに距離を計りかねていた。別に、無理して距離をつめなくてもいいのだ。僕らには僕らの距離がある。

「じゃあ、もう戻らないと」

僕は立ち上がった。

「もう？　せっかくだから、ゆっくりしていけばいいのに」

「まだダメなんだ。お祭りの準備があと少しだけ残ってるから」

「お祭り？」

「そう。そこでこれから写真展をさせてもらうんだ」

僕はリュックから封筒を取り出した。

「僕が暮らした町で撮った写真。良かったら受け取って」

写真展で展示する写真を、渡すためにもう一枚ずつL判サイズにプリントして持ってきていた。

母は封筒を受け取って、中から写真を取り出した。それから写真を一枚一枚、丁寧にゆっくりと、確かめるように見つめた。

「やっぱり親子なんだね……」

そう言いながら、母は涙を流していた。

僕は頭の中で、随分前に明里に言われたことを思い出した。

僕の中に、父は生きている。

母は今、その父の姿を見ているのかもしれない。


夜、辰野に戻ってきた僕は、閉店後の甘酒屋ＫＩＹＯに来た。

これから写真展の準備をさせてもらう約束をしていた。この前仮でレイアウトさせてもらった通りに、額に入れた写真を飾らせてもらう。

写真展は明日から、ほたる祭りが終わるまで開催される。

「お邪魔します」

中に入ると、カウンターの向こうのキッチンで、洗い物をしているきよちゃんがいた。

「来た来た。写真、そっちに置いてるよ」

テーブルの上に、額に入った写真が並んである。店の裏で保管していたのを、出しておいてくれたみたいだ。

「ありがとうございます」

「匠海、会えた？　お母さんに」

不意にきよちゃんは尋ねた。今日、母に会いに行くということは話していた。

「はい。ちゃんと話せました」

「久しぶりだったんだよね？」

「そうですね。変わらず、元気そうでした」

「良かった」

きよちゃんは少しの間僕の顔を眺めた後、問題ないと感じたのか、それ以上は深く尋ねてこなかった。

「この写真展が終わったら、僕はもう東京に戻ろうと思います」

額に入った写真を一つ、手に取りながら言った。

「え、でも学校始まるのまだでしょ？」

「まだ少し時間はあるんですが、戻って準備しようと思います。バイトも探さないといけないですし」

「本当に戻っちゃうの？」

「はい。ってか、きよちゃんも勧めてませんでした？　卒業した方がいいって」

「そうだけど……」

きよちゃんは口ごもった。

「明里に、ちゃんと言った……？」

僕は小さく頷いた。

「この前会いに行きました。夏頃には帰るってことは、前にも伝えてて。だから、東京でも頑張ってとか、そんなことを言われました」

額を順番に手に取って、写真を眺める。今日母に渡したのと同じ写真だ。夏から始まり、秋、冬、そして春の写真。辰野で撮った写真は、僕にとって、どれも景色の中に明里がいる気がする。実際に、シャッターを切る時に傍にいてくれた写真もある。

「明里が、本当にそう思ってると思うの？」

「え、違うんですか？　まさかそれって、応援してないってことですか？」

あの時の、互いに話題がなかった感じを思い出して、ヒヤリとする。

「そうじゃない。明里が、本当にそう思って言ったんだと思う？　ってこと」

「……どういう意味ですか？」

きよちゃんは「あ〜」と苛立ちながら頭をかきむしる。

「本当に馬鹿。匠海も、明里も。やっぱり私は放っておけない」

そう言って、わかりやすくため息をつく。一体どうしたのだろう。

「匠海もさ、明里のこれまでの人生を考えたらわかるはずなんだよね。明里は菜摘さんもそうだし、ずっと周りに迷惑かけてきたと思ってるから、匠海にも迷惑かけたくないって、そう思ってる」

「迷惑なんて、かけられたことないですけど」

「でしょうね」

「ですね」

だから、なんなのだろう。

「ねぇ、明里がなんで東京に一人で行ったのか、知ってる？」

「一人で、乗り越えたかったって」

「あー、それはそうね。でも、そのきっかけはなんだと思う？」

「きっかけ」

「そう、きっかけ。それは匠海だよ」

「え、なんでですか？　僕が東京から来たからですか？」

「違うよ。そんなに単純じゃない。明里は匠海のこと、近くで見てて思ったんだよ。年齢だってたった一つしか違わない。自分も大学生だったら、近くにいるような人。そんな人が、東京で大変な状況になって、知らない町に来て、頑張って暮らしてて。自分も頑張らなきゃって思ったんだよ」

「明里が……頑張らなきゃ？」

こんな僕を見て？　明里に、教わってばかりだったというのに。

「この町に来て成長していく匠海の傍にいて、自分も変わらなきゃって思ったの。このまじゃいけないって。だから、誰にも言わずに東京に行ったんだよね」

きよちゃんの言っていることを、そのまますぐに信じることができなかった。

「……それ、きよちゃんの想像ですか？」

「ある程度は本人から聞いてるよ。口止めされてるけど」

「はい？　じゃあ明里がそんなこと言ってたんですか」

「そうよ。でもそんなこと言えるわけがない。あんたのせいで私は東京に行ってこうなりましたって、言えると思う？」

「……言えないと思います」

「でしょ。明里はね、失敗して、悔しくて、迷惑もかけて、恥ずかしかったんだよ。匠海の顔を、まともに見れないくらい」

東京から〝月〟に戻ってきた時の、明里の様子を思い出す。足早に、二階へ上がっていく小さな後ろ姿。

「……ほんとですか？」

「ほんと。だって明里、匠海といる時いつもカッコつけてるもん。かわい子ぶるとかじゃなくて、カッコつけてる。明里らしいけどさ。そんなところも、気づいてあげてよね」

言葉が出てこない。こんな自分が、明里に影響を与えていた？

「考えてみてよ。刺激を受けて頑張ったのに、東京であんなことになって、自信なくすよね。言うこと聞かない、自分の体を責めてる。で、一方匠海はコンテストで選ばれたとかなんとか言って、元気に東京へ帰っていく。こんな悲しいことある？」

「でも明里は、僕に全然そんな仕草見せなかった。むしろ、コンテストのことは、そこまで興味がないくらいで」

「そりゃそうだ。それが明里だ。あいつ、匠海が賞をとったって聞いて、すっごく喜んでたよ。絶対今が夢を叶えるチャンスだって。なのに自分のことを気にして、万が一匠海が辰野に残るなんて言い出したら駄目だって。だから、そうならないようにしたんだよ」

本当にそうだとしたら。

「ちょっと、匠海！」

無意識に足は動いていた。僕は走って車に戻った。すぐに、会いたかった。

明里と、本当の気持ちで話したかった。


街灯の少ない川島の道を運転する。暗闇の中、坂の上に灯った〝月〟の窓明かりが見えた。

車を停めて、玄関から入る。躊躇しない。

「すみません」

菜摘さんが、居間の大きなテーブルのところに座っていた。

「菜摘さん！」

「お、匠海くん。急にどうしたの？」

「明里、いますか？」

「明里？　多分、公園の方に行ったと思うよ。ほたる童謡公園」

「公園の方？　なんでですか？」

「お客さんがいない日は、毎晩だよ。好きなんじゃない？　蛍」

川島まで来てしまった。急いで戻らないと。

「ありがとうございます。そっちに行ってみます」

「あ、ちょっと待って」

僕が行こうとすると、菜摘さんは呼び止めた。立ち上がって、上の階へ上がっていく。それから何かを持って降りてきた。

それを僕に渡して、菜摘さんは言った。

「現像しといたよ」

渡されたのは、一枚の封筒。中に、写真が入っていた。

なんの写真か、すぐにわかった。僕が、菜摘さんのフィルムカメラで撮った写真だった。色んなことがあって、僕はあのカメラのことをしばらくの間忘れてしまっていた。

「写真、よく撮れてたよ。上手だね」

僕はその場で写真を取り出した。一枚目、雪が積もった満月の夜だった。露光は不安だったけど、しっかり写っていた。僅かにぶれた写真の中で、明里は笑っていた。

僕は次の写真を見る。冬の間、僕はこのカメラで明里ばかりを撮っていた。薪ボイラーに火を点ける横顔。玄関で雪掻きをしている背中。薪ストーブの前で、豆選りをする姿。明里はフィルムカメラなら、嫌がらずに写ってくれた。

時間が巻き戻っていくようだった。一枚一枚、シャッターを切った瞬間まで鮮明に思い出せる。しかし、僕がシャッターを切ったのはここまでのはずだった。渡された写真には、なぜか続きがあった。

「私は親だけど、親にしかできないことはあると思う。でも親にはできないこともある。匠海くんは明里にとって、私にはできない役割を担ってくれたんだね」

写真を一枚一枚見ながら、僕は手が震えていた。

「なんで……明里」

目の奥が痺れて、涙が出そうだった。

そこにあったのは、東京で撮られた写真だった。明里が撮った、東京の景色。

「本当は、無事に帰ってきて、見せたかったんだろうね」

菜摘さんは言った。

「ピントあってないのもあるよね。でも、慎重に撮ったんだろうなってわかる」

渋谷のスクランブル交差点の写真。原宿の竹下通りの写真。どこかのパンケーキの写真。

私、一人で東京行けたよ。楽しかったよ。

写真から、明里の声が聞こえてくるみたいだった。

「わざわざ、匠海くんのウーフ期間が終わる直前に行ったんだろうね。きっかけをくれてありがとう。一歩も踏み出せなかったのに、匠海くんのおかげで、明里は踏み出せた。結果、今回はダメだったかもしれない。でも人生は長いから。きっと明里は大丈夫だって、私は思えた」

写真に写る景色が、涙で滲む。

「明里はあんなことになって、たくさん謝ってた。だけどね、匠海くん。大切な人に迷惑をかける。それができるのって、本当は幸せなことだよ。お互いね」

「はい……」

その言葉に、今日会ってきた母の顔が思い浮かんだ。

「そんなこと、もう今の匠海くんならわかってるね。伝えることから、逃げないで」

もう、じっとしてはいられなかった。

「ありがとうございます」

僕は深くお辞儀をした。それから写真を持ったまま、車に走った。


辰野駅近くまで車で戻ってきて、停める。そこからほたる童謡公園まで走った。

最初にこの町に来た時と同じ、田舎の道。左手に広がる田んぼから、五月蠅いほどに蛙の声がしている。

暑い。でも、足は止まらなかった。

道沿いに、お祭り用の提灯が取り付けられている。

緩やかな坂を上り始めると、道は段々細くなっていく。

暗闇の中、息を切らして走った。

ごめん明里。僕は何も知らなかった。

自分も頑張らなきゃって思った？　何を言ってるんだ。明里はいつだってずっと先の場所に立っていて、僕の進むべき道を教えてくれていたのに。

真っ暗な坂を、足がもつれて転びそうになりながら、必死で走って上った。

公園の入り口。僕は一瞬立ち止まる。初めて来た時とは違った。数匹の蛍が舞っている。

明里。

明里は、蛍なんだ。

もう一度走り出して、僕はそう思った。最初に出会った日も、もういないはずの蛍に導かれた。あれは明里の一部だったんじゃないかな。笑われるかもしれないけど、真剣にそう思った。

ここに初めて来た日。

暗闇の中、居場所を失った僕に、明里が光を照らしてくれた。僕を、助けてくれた。

明里がいなければ、明里と出会わなければ、僕は今もまだ暗闇の中を彷徨っている。

木々のトンネル。その先に――。

「明里！」

夜空に、煌々と光る満月。辺り一面に、淡い光の蛍が乱舞する。その中心に、白いTシャツを着た明里が立っていた。

まるで星空が、彼女のために地上に降りてきたみたいだった。

「……匠海？」

光を纏った、シルエットの明里がゆっくりと振り向いた。

「なんでここにいるの？」

月明かりの下、明里は驚いた様子で、声は微かに震えていた。

「明里、僕は、東京に戻るよ！」

僕は息を切らしながら、大きな声で言った。明里はゆっくりと、少しだけ俯いた。

「だけど、大学を卒業したら、ここに帰ってくるから。今度は自分の力で、また明里に会いにくる」

生い茂った草木と、淡く輝く地上の星空の中で、僕は続けた。

「その時、この町で僕を迎えてほしい。僕は明里がいる、この町が好きだから」

「何言ってるの」

明里は恥ずかしそうに言って、笑った。

横を向いた明里の顔が、後ろから月の光に照らされる。蛍が明滅して、舞う。

「明里、その時は一緒に東京に行こう。僕が連れていく。明里が大丈夫なように、守るから」

明里は顔を僕にまっすぐ向けた。

「私だって、もっと成長する。匠海に負けないくらい、立派になるから」

負けず嫌いなところ。明里のいいところ。僕は笑って、深く頷いた。

「早く、帰ってきてね。ここで待ってるから。それか、私が東京に会いに行っちゃうかも」

明里らしい言葉だった。

蛍と月の真ん中で、彼女は光を纏って微笑んだ。

エピローグ

窓の向こうを景色が流れていく。僕は東京に向かう電車に揺られながら、昨日までの喧騒を思い出していた。

辰野ほたる祭り。二週間、商店街は活気に包まれていた。屋台が並び、たくさんの人が道を行き交う。昼間、道路は歩行者天国になり、町民総踊りが行われた。金井さんも盆踊りを踊っていた。

甘酒屋ＫＩＹＯは大忙しだった。お祭りの期間中、僕はホールとして店を手伝った。本人がいた方が宣伝にもなるでしょ、ときよちゃんに言われたからだ。

僕の写真はたくさんの人の目に触れた。いつものお客さんや、県外からのお客さん。康太さんは役場の人を連れて来て、僕のことを紹介してくれた。写真を見て、祭りが終わったら売ってほしいとお願いしてくれた人もいた。

楽しかった時間は、夏の通り雨のように過ぎていった。

電車は音を立てて、トンネルに入った。暗くなった窓に自分の顔が映っている。東京を出る前から、僕は何が変わっただろうか。そういえば、佳恵さんは顔つきが変わったと言ってくれた。

今もまだ、東京にいた頃の自分が描いていた、理想の自分とは違うかもしれない。だけど、間違っていない。

僕はリュックから一枚の写真を取り出した。これが僕が辰野で藤岡さんに現像してもらった、最後の写真だった。

あの夜、明里とほたる童謡公園を歩いていて、ここだ、と思った。次の日、その場所で写真を撮り、現像した。

父が昔、玄関に飾っていた蛍の写真と、同じ構図の場所。草が生い茂った水辺に、信じられない数の蛍が舞っている写真。

それを手に持って、僕は思う。

僕には僕の人生がある。もう会えない人や、遠く離れた人と繋がった人生が。

何者にもなれていない自分を、恥ずかしがる必要はない。

出会ってきた人たちの顔を思い浮かべて、強くそう、信じられた。

この作品は書下ろしです。

本書には実在の地名などが出てきますが、フィクションです。

【取材協力】
古民家ゆいまーる
月のもり
アトリエ和音
甘酒屋an’s
O to &

河邉徹（かわべ・とおる）
1988年兵庫県生まれ。3ピースバンド・WEAVERのドラマーとして、2009年メジャーデビュー。バンドでは作詞を担当し、2018年に小説家デビュー。『流星コーリング』で第十回広島本大賞を受賞。その他の著書は『夢工場ラムレス』『アルヒのシンギュラリティ』『僕らは風に吹かれて』。

蛍と月の真ん中で

2021年10月21日　第1刷発行
2022年8月30日　第2刷

著者　河邉徹
発行者　千葉 均
編集　三枝美保
発行所　株式会社ポプラ社
〒一〇二-八五一九
東京都千代田区麹町四-二-六
一般書ホームページ　www.webasta.jp

組版・校閲　株式会社鷗来堂
印刷・製本　中央精版印刷株式会社

落丁・乱丁本はお取り替えいたします。
電話（0120-666-553）または、ホームページ（www.poplar.co.jp）のお問い合わせ一覧よりご連絡ください。
※電話の受付時間は、月～金曜日10時～17時です（祝日・休日は除く）。

読者の皆様からのお便りをお待ちしております。いただいたお便りは著者にお渡しいたします。

N.D.C.913/291p/19cm　ISBN978-4-591-17170-7
JASRAC 出 2107232-101
P8008362